Heike Abidi

14 –

Kicker,
Küsse,
Katastrophen

PINK · Ein Imprint von Oetinger Taschenbuch

Außerdem von Heike Abidi
bei Oetinger Taschenbuch erschienen:

Tatsächlich 13

Plötzlich 14

Endlich 15

Alles, was Mädchen wissen sollten, bevor sie 13 werden

Sunny Days

1. Auflage 2017

© Oetinger Taschenbuch in der
Verlag Friedrich Oetinger GmbH, Imprint PINK,
Poppenbütteler Chaussee 53, 22397 Hamburg
Mai 2017

Originalausgabe

Alle Rechte vorbehalten
Text von Heike Abidi
Umschlaggestaltung: Hauptmann & Kompanie Werbeagentur,
München – Zürich
Druck und Bindung: Livonia Print SIA,
Ventspils iela 50, LV-1002, Riga, Lettland
Printed 2017
ISBN 978-3-86430-064-6

www.oetinger-taschenbuch.de

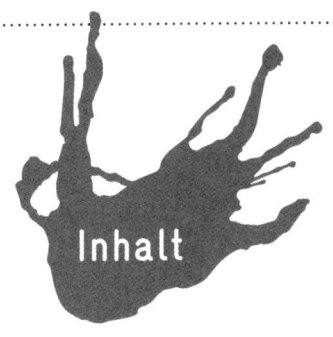

Inhalt

Zuckerpass

Die Flanke war echt nicht vorherzusehen. Ben passt den Ball quer über den Platz, genau auf mich zu. Damit hat niemand gerechnet – die Gegner nicht und am allerwenigsten ich.

Blitzschnell wird mir klar, was für eine super Chance sich aus der neuen Situation ergibt!

Und noch jemand hat sofort geschaltet: Latif spurtet los in Richtung Sechzehner, der komplett frei ist, und ich weiß sofort, dass ich keine Zeit verplempern darf. Ich muss den Ball annehmen, bevor Latif im Abseits steht, sonst wird aus der Riesenchance eine Megapleite.

Der Ball ist nicht leicht zu verarbeiten, aber es gelingt mir, bevor ein baumhoher, schrankbreiter Abwehrspieler mich niederwalzt.

Aua, das tut weh. Aber kein Abseitspfiff, das ist die Hauptsache. Mein Pass landet direkt vor Latifs Füßen, und zwei Sekunden später verwandelt er.

Toooor!

Sein zwanzigster Saisontreffer, meine siebzehnte Vorlage.

»Jaaaa!«, jubele ich, während ich mich aufrappele. Mein Knie blutet leicht, aber das macht überhaupt nichts. Wir führen eins zu null, und das kurz vor dem Abpfiff!

Grinsend beobachte ich, wie Latif seinen Torjubel zelebriert, den er garantiert daheim vor dem Spiegel einstudiert hat. Ben, Marius, Robin und die anderen stürmen auf ihn zu und klatschen ihn ab, dann folgen sie ihm geradewegs zu mir.

»Genial gelöst, Franz«, brüllt Latif mir entgegen und umarmt mich, dann geht die Abklatscherei von vorne los.

»Zeitspiel«, mosert der Abwehrspieler, der mich eben so rücksichtslos umgemäht hat.

Was für ein Blödmann. Man wird ja wohl feiern dürfen, wenn man in Führung geht … Da ertönt auch schon der Schlusspfiff, und wir reißen die Arme hoch. **Geschafft!**

Dass ich von oben bis unten mit Matsch beschmiert bin, mein ehemals weißes Trikot fast so grün ist wie der Rasen, mein Knie jetzt doch ganz schön wehtut und ich keuche wie ein Walross – geschenkt. Ich bin völlig außer Atem, total verschwitzt und mit blauen Flecken übersät, aber wen interessiert's? Die Jungs garantiert nicht. Für die zählt nur, dass wir gewonnen haben.

»Der Sieg geht mindestens zur Hälfte auf dein Konto, Franz«, lobt Matse Kaminsky mich und nickt anerkennend. »Das war ein echter Zuckerpass.«

Zum Glück sieht niemand, wie ich vor Freude rot

werde, denn röter als tomatenrot vor Anstrengung kann mein Gesicht schließlich nicht werden.

»Der Querpass von Ben war aber auch nicht übel«, erwidere ich lässig, während ich den Dreck zwischen den Stollen meiner Fußballschuhe herausklopfe.

»Ihr seid eben ein toller Haufen. Hattet ja auch einen guten Trainer«, feixt Matse Kaminsky, der uns schon seit der Bambini-Klasse betreut. Inzwischen spielen wir – fast unverändert – in der D-Jugend des FC Phönix Köpenick und haben gerade unseren Erzrivalen besiegt. Wenn das kein perfekter Saisonabschluss ist!

»Pizza für alle«, ruft Matse, und wir jubeln. »Aber erst ab in die Kabine. Ungeduscht kommt mir niemand an den Tisch.«

Das lassen wir uns nicht zweimal sagen. Alle strömen ins Clubhaus und drängeln sich zum Kabineneingang. Nur ich kann den Stau links liegen lassen und betrete als Einzige die zweite Kabine, die ich ganz für mich alleine habe. Denn auch wenn mich hier alle *Franz* nennen und ich seit Jahren zur Mannschaft gehöre, bin ich kein Junge, sondern das einzige Mädchen im Team.

Genauer gesagt spiele **ich, Franziska Kutscher,** im offensiven Mittelfeld, bin beidfüßig, habe eine ziemlich gute Kondition und außerdem den Ruf, für ein Mädchen ganz schön tough zu sein. Spätestens seit der Gelb-Roten Karte damals im Pokalfinale werde ich als vollwertiges Teammitglied respektiert. Dass ich unter dem Trikot einen Sport-BH trage, ist absolut nebensächlich. Tatsächlich scheinen die Jungs im Laufe der Jahre ganz vergessen zu haben, dass ich ein Mädchen bin. Und ich denke im Grunde auch nur in Situationen wie dieser an den kleinen Unterschied zwischen dem Rest der Mannschaft und mir, wenn ich alleine unter der Dusche stehe, während aus dem Nebenraum lautes, vielstimmiges Gejohle zu hören ist. *You never walk alone* wird gegrölt und *Tage wie diese* – natürlich so falsch wie laut, aber dafür umso leidenschaftlicher.

Luigis Pizza schmeckt superlecker. Ich habe mir, wie immer, eine mit extra viel Peperoni bestellt.

»Boah, Franz, dass du die runterkriegst!«, staunt Peer, unser Tormann. »Das ist doch megascharf!«

»Ist halt nur was für echte Kerle«, blödelt Valentin und handelt sich einen Tritt ans Schienbein ein.

»Ruhig, Leute«, ruft Matse Kaminsky und klopft mit dem Besteck an sein Glas. Nach und nach verstummen die Gespräche, alle Köpfe wenden sich dem Trainer zu. Natürlich wissen wir, was jetzt kommt – die traditionelle Rede zum Saisonende. Darin hebt Matse immer die Highlights des vergangenen Jahres hervor. Außerdem werden besondere Leistungen noch einmal gewürdigt, und am Ende lassen wir den Trainer hochleben, um dann ausgelassen uns selbst zu feiern.

Andächtig lauschen wir auch diesmal, wie Matse an die legendäre Partie erinnert, bei der wir erst null zu drei zurücklagen, die wir dann aber doch noch drehen und gewinnen konnten. Oder an die Schlammschlacht beim Herbstturnier, als es aus Kübeln goss und wir mehr rutschten als rannten. Oder an den höchsten Saisonsieg überhaupt – ein Neun-zu-zwei, bei dem ich zwei Tore vorbereitet und eins selbst geschossen habe. An das Elfmeterschießen beim Pokal, bei dem Peer zwei Elfer hielt und uns damit in die nächste Runde brachte. Und an die Partie, bei der plötzlich dichter Nebel aufzog und der Schiedsrichter für ganze fünfzig Minuten unterbrechen musste …

Damals haben wir drei zu eins geführt, und das gegen einen Angstgegner. Es wäre eine Katastrophe gewesen, wenn der Schiedsrichter auf einem Wiederholungsspiel bestanden hätte, denn ob wir dieses Wunder noch einmal vollbracht hätten, ist äußerst fraglich.

»… einen dicken Applaus für Franz!«, ruft Matse plötzlich und fängt an zu klatschen. Die Jungs fallen mit ein, und alle Blicke sind auf mich gerichtet.

Hilfe, was ist denn jetzt los? Irgendwie war ich so in Gedanken versunken, dass ich den Anschluss verpasst habe. Wie in aller Welt hat der Trainer von dem Nebelspiel zu mir übergeleitet?

Offenbar gucke ich ziemlich dämlich aus der Wäsche, was Ben auf die glorreiche Idee bringt, mich aufzuschlauen.

»Du hattest diese Saison die meisten Assists«, raunt er mir zu, leider nicht, ohne mir vorher den Ellbogen kumpelhaft in die Seite zu rammen. Meine Güte, wo bleibt denn der Schiri mit der Gelben Karte, wenn man ihn mal braucht? Das war eindeutig ein Foul!

Ich unterdrücke ein Stöhnen, um nicht als Mimose dazustehen, und ringe mich zu einem schiefen Lächeln durch. Die anderen hören einfach nicht auf zu applaudieren, und es dauert nicht lang, bis sich mein Lächeln in ein breites Strahlen verwandelt.

Ja, ich gebe es zu: Ich bin stolz auf diesen Erfolg. Wahnsinn, die meisten Torvorlagen! Wenn es mir nur darum ginge, mich an der frischen Luft zu bewegen, beließe ich es beim Joggen. Aber das allein ist mir zu langweilig. Ich liebe den Wettkampf, die Dramen, das gemeinsame Leiden und Jubeln, die groben Umarmungen und, wenn es sein muss, sogar die Blessuren, ohne die es beim Fußball nun mal nicht abgeht. Und ich bin überglücklich, wenn ich dazu beitragen kann, dass unser Team gewinnt. Gewinnen ist das Beste überhaupt!

»Franz, würdest du bitte aufstehen und nach vorn kommen?«

Wow, diesmal macht es der Coach aber hochoffiziell. Ob er das wohl bei seiner letzten Trainerfortbildung gelernt hat? **Motivation durch Lob und Anerkennung …**

Während ich mich durch die engen Stuhlreihen quetsche, beobachte ich, wie Matse Kaminsky ein hübsch verpacktes Geschenk aus einer Tasche hervorzieht. Flach und rechteckig – sieht aus wie eine DVD. Er überreicht sie mir, und wieder brandet Applaus auf.

»Auspacken«, rufen die Jungs.

Okay, neugierig genug bin ich ja. Ich liebe Filme und Serien, vielleicht ist es ja die neueste Staffel von …

»Oh, cool«, sage ich lahm, als ich den Titel lese. *Best of Frauenfußball international* – eine Dokumentation, die schon ein paar Jahre auf dem Buckel hat. »Danke, Coach.«

Was soll das denn, bitte? Ich spiele Fußball, nicht *Frauen*fußball. Hier geht es um den Sport, nicht um mein Geschlecht. Schließlich bin ich die Top-Vorlagengeberin in einem gemischten Team!

Für einen Moment bin ich stinksauer. Aber dann sehe ich Matses freundliches Gesicht und seine von Lachfältchen umrahmten, gutmütigen Augen, und mir wird klar, dass der Trainer mir einfach nur eine Freude machen will. Außerdem ist die DVD immer noch besser als Gummibärchen, die ich total verabscheue, oder irgend so ein alberner Vampirroman.

Matse bemerkt zum Glück nicht, dass ich alles andere als begeistert bin.

»Es war uns eine Ehre, dich in unserem Team zu haben«, fährt er feierlich fort. »Im Namen der Mannschaft und des gesamten FC Phönix Köpenick danke ich dir für deinen Trainingseifer, deine vielen Tore und Assists, deine Fairness und deinen vorbildhaften Teamgeist.«

Ähm – der redet ja, als wäre das hier so eine Art Begräbnis. Oder ein Abschied. Bin ich hier im falschen Film, oder was?

Nun wendet sich Matse Kaminsky an den Rest der

Mannschaft: »Ihr müsst wissen, dass Mädchen nur bis zur D-Jugend in gemischten Teams mitspielen dürfen. In den Sommerferien wird Franz vierzehn, was bedeutet, dass sie in der neuen Saison in der C-Jugend startet.«

Verflixt! Daran hab ich ja gar nicht gedacht ...

Ich glaube, ich muss mich setzen. Zum Glück steht hinter mir ein Stuhl, auf den ich mich sinken lassen kann.

»Ich ... ich darf hier nicht weiterspielen?«, frage ich tonlos.

Verblüfft schaut Matse mich an. »Aber das wusstest du doch.«

Nein, wusste ich nicht.

Na ja, okay, ich hab mal davon gehört.

Aber ich wollte es nicht wahrhaben. Und habe es gleich wieder vergessen.

Leider hilft Verdrängen nur kurzfristig. Früher oder später lässt sich die Realität nicht mehr ignorieren. Genauer gesagt: **Jetzt** kann ich nicht länger so tun, als wäre alles in bester Ordnung.

»Sicher hast du dich schon über die hiesigen Frauenfußballteams informiert«, fährt Matse Kaminsky fort. »Wenn ich dir einen Rat geben darf, dann schau mal beim FFC Spreepark vorbei, die nehmen eine gute Mittelfeldspielerin wie dich garantiert mit Kusshand.«

»Mal sehen«, murmele ich und habe es plötzlich ganz eilig, wieder auf meinen Platz zurückzukommen. Um ein Haar hätte ich die DVD vergessen. Kaum sitze ich wieder, schneide ich mir ein ordentliches Stück Pizza ab und stecke es mir in den Mund. Inzwischen ist sie lauwarm und labberig, also alles andere als ein Leckerbissen. Aber mit vollem Mund muss ich wenigstens nicht reden.

Während der Trainer seine Rede fortsetzt und Latif als Torschützenkönig krönt, verputze ich den Rest der Riesenpizza und spüle sie mit einem großen Glas Limonade runter.

Den Blicken der anderen weiche ich aus. Ich fühle mich irgendwie … aussätzig. Als ob ich auf einmal nicht mehr dazugehöre, bloß weil ich ein Mädchen bin.

Und um ehrlich zu sein, ist es ja auch so.

Sperre

»**Ich kann's kaum erwarten,** meinen neuen Schnorchel auszuprobieren!«, schwärmt Selma. Sie fliegt übermorgen mit ihren Eltern in die Karibik und ist schon furchtbar aufgeregt. Zum Glück ist unser gemeinsamer Schulweg nicht weit, sonst würde ich noch irre von ihrem Geplapper. Und das so früh am Morgen!

»Hm«, mache ich wenig begeistert, denn ich habe ganz andere Sorgen.

»Hey, Franzi, freust du dich auch so auf die Sommerferien?«, fragt Selma und redet sofort weiter, ohne meine Reaktion abzuwarten. Langatmig lässt sie sich darüber aus, welche Klamotten sie einpacken will, wie lange der Flug dauert, wie viele Betten das Hotel insgesamt hat und – zum hundertsten Mal – wie gerne sie schnorchelt. Hätte sie mir die Gelegenheit zum Antworten gegeben, hätte ich wohl gestehen müssen, dass ich mich nicht besonders freue. Worauf auch? Vielleicht auf die langweilige Toskana-Rundreise, die meine Eltern geplant haben? Kirchen, Klöster, Museen, Weingüter, Konzerte. Echt nicht mein Ding. Mit etwas Glück hat wenigstens die eine oder andere Unterkunft einen Pool.

Es ist zum Heulen: Irgendwie scheinen sich alle außer mir auf die großen Ferien zu freuen. Ich dagegen bin verzweifelt. Denn bald werde ich vierzehn, und damit bin ich im Herbst, wenn die neue Fußballsaison beginnt, zu alt, um noch mit meinen Jungs spielen zu dürfen. Da hat mir der DFB echt was eingebrockt mit seinen blöden Regeln! Seit ich klein bin, kicke ich in einem gemischten Team. Anfangs waren wir vier Mädchen, seit zwei Jahren bin ich die Einzige. Und jetzt soll das alles vorbei sein?

Alles wäre viel einfacher, wenn ich ein Junge wäre! Aber jetzt muss ich mich wohl oder übel entscheiden: aufhören mit meinem allergrößten Hobby oder mich einem Mädchenteam anschließen.

»Ich glaube, mein Zeugnis wird nicht ganz so toll«, wechselt Selma das Thema und rauft dabei theatralisch ihre roten Locken. Sonderlich besorgt klingt sie aber nicht. »Zum Glück sind meine Oldies keine Pauker, so wie deine.«

Ich schneide eine Grimasse. Mit meinen Oldies habe ich echt nicht den Hauptgewinn gezogen. Oder gibt es etwas Schlimmeres, als Lehrer-Eltern zu haben?

Meine Mutter ist, das kann ich leider nicht beschönigen, eine **Tussi**. Sie rennt immer mit hochhackigen Schuhen herum, würde ungeschminkt nicht mal zum Mülleimer gehen und steht voll auf Mädchenkram. Weil ich ihre einzige Tochter bin, hat sie mich früher immer gestylt. Bis ich fünf war. Dann habe ich mich geweigert, mir alberne Kleidchen anziehen und Zöpfchen flechten zu lassen. Dass ich angefangen habe, Fußball zu spielen, hat sie tief getroffen. Ich fürchte, sie betrachtet mich in dieser Hinsicht als ziemlich missraten. Umgekehrt finde ich sie ziemlich ... na ja, rückständig. Cool ist jedenfalls anders.

Mein Vater ist ebenfalls Lehrer, und zwar für Mathematik und Informatik. Also für die einzigen zwei Fächer, die noch schrecklicher sind als Französisch und Musik – die Fächerkombi meiner Mutter. Ich bin übrigens wahnsinnig froh, dass meine Eltern nicht an der Schule unterrichten, auf die ich gehe. Das wäre bestimmt die Hölle!

Schlimm genug, dass sie keine Ahnung von Fußball haben. Ihnen wäre es hundertprozentig am liebsten, ich würde mein Hobby ganz aufgeben. Synchronschwimmen oder rhythmische Sportgymnastik, so was in der Art würde ihnen gefallen. Meine Mutter würde vor Glück platzen, wenn ich das täte! Aber ich denke nicht daran.

»Ich schau mir den FFC Spreepark einfach mal an«, platze ich unvermittelt heraus.

Selma starrt mich aus ihren moosgrünen Knopfaugen an, als wäre ich ein Alien. »Ihr macht Urlaub im Spreewald?«

Manchmal weiß ich echt nicht, warum ich mit Selma befreundet bin. Sie ist dermaßen **verpeilt**! Aber sie bringt mich zum Lachen und ist so herrlich unkompliziert. Für Selma ist das Glas immer halb voll, sie ist meistens gut drauf und macht sich niemals Sorgen. Ich wünschte, ich wäre nur ein kleines bisschen so wie sie.

Trotzdem habe ich keine Lust, den Irrtum aufzuklären, und zucke bloß mit den Schultern. Selma interessiert sich eh nicht für Fußball.

Außerdem bin ich mir noch ganz und gar nicht sicher, ob ich tatsächlich zu diesem Club wechseln will.

Und auch nicht, ob ich darf.

Seit Jahren knüpfen meine Eltern die Erlaubnis zum Kicken an eine total bescheuerte Bedingung: In meinem Zeugnis darf keine Note schlechter als eine Drei sein. Bisher hat das immer geklappt, wenn auch mit Mühe und Not. Diesmal ist es höchst fraglich, ob ich diese Hürde schaffe. Vor allem wegen Französisch. Und Mathe. Und vielleicht auch wegen Geschichte … Ich hab nun mal kein Zahlengedächtnis! Und unregelmäßige Verben sind die Pest! Warum ist eigentlich Sport kein Hauptfach?

»Da hast du ja gerade noch mal Glück gehabt, Franziska«, sagt meine Mutter und sieht mich mit ihrem Lehrerinnenblick über die Lesebrille hinweg an. Sie hat soeben mein Zeugnis studiert und festgestellt, dass zwar jede Menge Dreien dabei sind, aber keine Vier, Fünf oder Sechs. Allerdings auch nur eine Eins (in Sport) und eine Zwei (in Ethik).

Ich schiebe mir ein Stück Bulette mit Kartoffelsalat in den Mund – unser traditionelles Letzter-Schultag-Essen – und komme somit um eine Antwort herum.

Mamas Aufmerksamkeit ist längst auf Konstantins Zeugnis gerichtet, der mal wieder einen Einserschnitt vorweisen kann.

Als ob es nicht schon schlimm genug wäre, überhaupt einen **kleinen Bruder** zu haben, wurde ich auch noch mit einem hochbegabten Exemplar gesegnet, das sich weder für Sport interessiert noch für coole Musik oder neue Filme. Ständig übt er Klarinette, hantiert mit seinem Chemiebaukasten herum oder macht sonst irgendwas **Nerdiges**. Ich fürchte, ich habe den uncoolsten Bruder der Welt! Und natürlich den vermutlich klügsten, denn auch ohne sonderlich viel für die Schule zu tun, ist er mit Abstand der Klassenbeste.

Inzwischen hat sich Papa mein Zeugnis vorgeknöpft und studiert es, als wären es hochwichtige Aktienkurse, von denen ein ganzer Staatshaushalt abhinge.

»Hm, damit hättest du es normalerweise geschafft«, meint er trocken, als er wieder aufblickt.

»Normalerweise?«

»Na ja, du weißt ja sicher, was dein bevorstehender Geburtstag für Auswirkungen auf dein undamenhaftes Hobby hat.«

Himmel! Warum muss sich Papa immer so umständlich ausdrücken? Und was heißt hier *undamenhaft*? Schließlich haben die deutschen Fußballdamen schon so allerhand Titel geholt!

»Frauen können Astronautin werden, Verteidigungsministerin oder Kranführerin, warum also nicht Fußballerin?«, argumentiere ich, während ich auf einer Kartoffel herumkaue.

»Und mit vollem Mund sprechen ist genauso undamenhaft«, tadelt Mama. »Aber um beim Thema zu bleiben: Mit dem Fußball ist es jetzt wohl vorbei, hoffe ich.«

»Auf gar keinen Fall!«, widerspreche ich heftig. »Ich darf zwar nicht mehr mit den Jungs spielen, aber dafür fange ich demnächst in einem Frauenteam an.«

Das klingt jetzt entschlossener, als ich bin. Bisher habe ich mich nur dazu durchgerungen, mir den FFC Spreepark mal beim Training anzuschauen. Aber das müssen meine Eltern ja nicht wissen. Hier geht's schließlich nicht um ungelegte Eier, sondern ums Prinzip. »Das könnt ihr mir nicht verbieten!«

Konstantin hat inzwischen seinen Teller geleert und verfolgt unser Wortgefecht voller Interesse. So wie ein seltenes Wetterphänomen, das er erforschen könnte. Der kleine Streber hat natürlich nie Stress mit Mama und Papa, sogar sein Zimmer ist immer perfekt aufgeräumt. Ich glaube fast, mein kleiner Bruder ist ein Alien …

Und meine Eltern sind ebenfalls von einem anderen Stern, wenn sie ernsthaft glauben, mich am Fußballspielen hindern zu können. Mit vierzehn ist man ja sogar religionsmündig! In einem Alter, in dem man in Glaubensdingen frei entscheiden darf, sollte man ja wohl auch seine Sportart selbst auswählen dürfen!

»Nun, es wäre uns natürlich lieber, du würdest stattdessen Tennis spielen. Oder turnen. Oder Beachvolleyball spielen«, lenkt Papa ein, »aber wir wissen ja, wie sehr dein Herz am Fußball hängt.«

Und deshalb wollt ihr jetzt … was tun?

Ich ahne Übles. Deshalb sage ich jetzt lieber mal gar nichts und warte ab. Vielleicht irre ich mich, und sie geben nach.

Mama nimmt einen großen Schluck Wasser, dann ergreift sie das Wort: »Wenn du darauf bestehst, weiterhin zu kicken, dann nur unter einer weiteren Bedingung. Und die ist nicht verhandelbar. Entweder du lässt dich auf den Deal ein, oder du gibst dein Hobby auf.«

Das klingt irgendwie beunruhigend.

Sehr beunruhigend!

Halbzeit

Von: soccergirl@familiekutscher.de
An: kruemelmonster@cityweb.net

Liebe Selma,

danke für deine Glückwünsche und die tollen Karibik-Fotos. Wow, das sieht ja echt episch aus! Du musst mir unbedingt alles ausführlich erzählen, wenn wir zurück sind!

Ich hätte dir ja längst geantwortet, aber meine ungechillten Pädagogen-Eltern erlauben uns im Urlaub nur eine halbe Smartphone-Stunde am Tag, was natürlich hinten und vorne nicht reicht. Selbst wenn ich Konstantins Minuten übernehmen dürfte (mein nerdiger Bruder verbraucht sie nur selten, weil er stattdessen den ganzen Tag die toskanische Landschaft fotografiert oder mediterrane Kräuter klassifiziert oder Papa im Schach besiegt), was leider nicht den Regeln entspricht, wäre das bloß ein Tropfen auf den heißen Stein.

Ganz ehrlich: Ebenso gut könnten sie mir das Trinkwasser oder den Sauerstoff rationieren! Handyfreie Ferien sind wirklich das Allerletzte. Das ist ja fast schlimmer als Schule!

Papa würde sich vielleicht breitschlagen lassen, wenn ich meinen Bambi-Blick aufsetze und ganz lieb bettele, aber Mama ist gnadenlos. Ich soll lieber lesen und die Natur bewundern und mich von Kunstwerken inspirieren lassen, sagt sie.

Du glaubst ja gar nicht, wie viel Natur und Kunst ich mir schon anschauen musste! Man könnte fast glauben, die ganze Toskana bestünde aus nichts anderem.

Ich komme mir schon voll retro vor. Wenn aus dem alten Kofferradio, das wundersamerweise noch funktioniert, nicht gerade Usher dröhnen würde, könnte man fast glauben, das hier wäre eine Zeitreise in die Vergangenheit!

Immerhin habe ich einen Teilsieg errungen: Heute musste ich nicht mit zum Museums-Marathon nach Florenz. Das hab ich mir zum Geburtstag gewünscht, und zu meinem größten Erstaunen haben meine Oldies mir diesen Wunsch erfüllt. Vermutlich nicht ganz uneigennützig – bestimmt wollen sie einfach mal ein paar Stunden meiner miesen Laune entgehen. So sind wir doch alle zufrieden: Mama, Papa und der kleine Streber stehen stundenlang Schlange, um uralte Ölschinken in den Uffizien bewundern zu dürfen, während ich am Pool unserer Ferienwohnung liege, faulenze, Wassermelone esse, Musik höre und dir maile. Denn das Beste ist: Sie haben vergessen, mein Handy einzukassieren!

Heute ist übrigens Halbzeit. Die ersten anderthalb Wochen dieses tödlich langweiligen Urlaubs habe ich jetzt hinter mir. Den Rest schaffe ich auch noch irgendwie. Und dann bleiben noch zwei Ferienwochen in Berlin, bevor das neue Schuljahr losgeht.

Übrigens werde ich ab September auch einen Tanzkurs besuchen. Da staunst du, was? Ich weiß, du hast den Kurs schon letztes Jahr gemacht und mir dauernd davon vorgeschwärmt. Ich wollte nichts davon hören, und du hast es nicht geschafft, mich zum Tanzen zu überreden. Bestimmt fragst du dich jetzt, woher der Sinneswandel kommt. Das kann ich dir verraten: pure Erpressung!

»Nur ein Kurs«, haben sie gesagt. »Zwölf Tanzstunden und ein Abschlussball – das wirst du wohl überleben.«

Das hat Mama sich fein ausgedacht – sie will ja unbedingt, dass ich mädchenhafter werde. Pah!

Offenbar glauben Papa und sie, ich würde lieber aufs Fußballspielen verzichten, als mir diesen Quatsch anzutun. Und fast wäre ihre Rechnung auch aufgegangen. Dass sie mich nur weiterkicken lassen, wenn ich tanzen lerne, hat mich zuerst stinkwütend gemacht.

Aber ich bin sturer, als sie dachten. Ich würde noch ganz andere Dinge dafür tun! Pumps statt Stollenschuhe sind zwar echt nicht mein Ding, aber wenn es nicht anders geht, beiße ich eben die Zähne zusammen und stehe es irgendwie durch.

Vielleicht kannst du mich ja ein bisschen vorwarnen. Gibt es irgendwelche Spielregeln beim Tanzen, die man unbedingt kennen sollte? So was wie Handspiel oder Abseits? Nicht, dass ich gleich beim ersten Training unangenehm auffalle und mir eine Gelbe Karte einhandele ...
☺

Boah, das hat gutgetan, mir einmal alles von der Seele zu schreiben. Ich wünschte, du wärst hier! Ohne dich ist es echt trostlos. Ich glaube, ich geh jetzt mal eine Runde schwimmen und mache dann ein Mittagsschläfchen. Am liebsten wäre es mir, wenn ich erst übernächste Woche wieder aufwachen würde!

Liebe Grüße aus dem ödesten Urlaub aller Zeiten!
Deine Franzi

Von: kruemelmonster@cityweb.net
An: soccergirl@familiekutscher.de

Liebe Franzi,

hey, du übertreibst mal wieder total. Toskana, Haus mit Pool, Melonen und Pizza, Faulenzen und Schwimmen … das klingt doch traumhaft! Und ab und zu ein Museum mit weltberühmten Bildern von Michelangelo oder Leonardo da Vinci, das wirst du ja wohl überleben!!! Diese Werke sind voll legendär, steht auf Wikipedia (sorry, ich musste erst mal googeln, was du mit »Uffizien« meinst. Sehr seltsamer Name für ein Museum!).

Nun aber zu den wirklich wichtigen Neuigkeiten: Du wirst tanzen! Wie genial ist das denn?! Du wirst sehen, Tanzen ist total anstrengend, da brauchst du mindestens so viel Kondition wie beim Fußball. Das fällt bloß nicht so auf, weil alles so einfach aussieht und im Rhythmus der Musik wie von selbst läuft.

Hast du überhaupt geeignete Schuhe? Und, was noch wichtiger ist, ein Kleid für den Abschlussball? Ich würde wetten, die Antwort ist NEIN. Und deine Eltern müssen dir dann eins spendieren – schließlich war das Ganze ja ihre Idee. Falls du eine Shopping-Beraterin brauchst, erkläre ich mich freiwillig dazu bereit. BITTE NIMM MICH MIT! Ich liebe schöne Kleider, und wenn ich mir schon selbst keins leisten kann, will ich wenigstens dabei sein, wenn du deins aussuchst.

Ich würde dir übrigens eine Hochsteckfrisur empfehlen. Dein ewiger Pferdeschwanz mag wohl auf dem Fußballfeld okay sein, aber auf dem Tanzparkett muss es schon ein bisschen edler sein. Zu deinen dunkelbraunen Haaren und deinem Schneewittchen-Teint könnte ich mir übrigens ein eisblaues Cocktailkleid gut vorstellen. Dazu silberfarbene Schuhe und einen himbeerroten Lippenstift. Du wirst HAMMER aussehen!

Ach, ich kann es wirklich kaum erwarten, dich so zu stylen! Und damit du nicht allzu sauer bist, verspreche ich hoch und heilig, dir beim nächsten Fußballspiel zuzujubeln. Ich werde bestimmt auch vorher die Spielregeln durchlesen, um nicht an den falschen Stellen zu klatschen.

Apropos Regeln: Beim Tanzen gibt es übrigens weder Gelbe noch Rote Karten, kein Abseits und auch kein Handspiel. Höchstens Schritt- und Haltungsfehler. Schließlich geht es dabei auch nicht ums Gewinnen, sondern um den Fun. Wetten, dass du auch Spaß haben wirst?

Bis ganz bald in Berlin!
Deine Freundin Selma

Probetraining

»Du willst das ernsthaft durchziehen?«, fragt Selma und beißt in eine Erdbeere. Wir sitzen im Schneidersitz auf dem Holzboden ihres Baumhauses und genießen die leckeren Früchte, die wir eben im Garten geerntet haben. Selmas Mutter will einen Erdbeerkuchen backen, und die übrig gebliebenen Früchte dürfen wir vertilgen.

»Klar will ich das«, beteuere ich.

»Wow, du klingst ja wild entschlossen.«

Selma zieht eine Grimasse. Sie scheint mir nicht zu glauben. Kein Wunder, schließlich glaube ich mir nicht einmal selbst. Und sie kennt mich einfach viel zu gut. Je überzeugter ich wirke, desto unsicherer bin ich in Wirklichkeit. Das war schon immer so. In diesem Fall gilt es mehr denn je. Ich kann mir immer noch nicht vorstellen, in einem albernen Ballkleid auf hohen Hacken Walzer zu tanzen. Allein die Vorstellung finde ich lächerlich. Ich verdrehe die Augen.

»Hihi, dachte ich mir's doch!« Selma kichert. »Was hast du also vor?«

»Gute Frage«, seufze ich. Wenn ich mich weigere, den Tanzkurs mitzumachen, platzt der ganze Deal. Aber ... »Ich weiß ja noch nicht mal, ob es mir bei diesem Frauenfußballverein überhaupt gefällt.«

»Natürlich nicht«, antwortet Selma.

Ich starre sie verwirrt an. Wäre es nicht ihr Job als beste Freundin, mich aufzumuntern und mir Mut zuzusprechen? *Klar wird es dir gefallen* – so was in der Art wäre ihr Text gewesen.

»Wie meinst du das? Willst du mir die Laune endgültig verderben?«

Selma lacht. »Bestimmt nicht, du Keks. Ich bin doch auf deiner Seite.«

»Also?« Ich steh immer noch auf der Leitung.

»Denk doch mal logisch. Wenn du nicht weißt, ob es dir dort gefällt, gibt es nur eine Möglichkeit: FINDE es heraus!«

»Du meinst ...«

»Genau, das meine ich.« Sie zückt ihr Smartphone, und sofort fliegen ihre Finger in Windeseile übers Display. »Wie heißt der Club noch mal genau? FFC Spreepark?«

Ich nicke.

»Die trainieren jeden Dienstag und Donnerstag. Hey, du Glückspilz, heute *ist* Donnerstag!«

Wenn sich Selma für etwas begeistert, ist sie kaum zu bremsen. Offenbar begeistert sie sich gerade für die Vorstellung, mich im Tanz-Outfit zu sehen. Koste es, was es wolle.

»Es sind aber noch Ferien«, versuche ich, sie zurück auf den Boden der Tatsachen zu holen.

»Schulferien vielleicht. Die trainingsfreie Zeit ist seit letzter Woche vorbei«, ruft sie triumphierend und hält mir ihr Handy unter die Nase. Tatsächlich, da steht es. Training heute um achtzehn Uhr. Also in einer knappen Stunde.

»Du hast exakt achtundfünfzig Minuten, um deine Sporttasche zu packen und dorthin zu radeln«, sagt Selma. »Der Fußballplatz ist gerade mal zehn Minuten entfernt von hier. Das schaffst du locker!«

Ich bin sogar etwas zu früh da. Ohne Sporttasche, weil ich nicht zum Probetraining hier bin, sondern als Zuschauerin. Mama hat mir sogar viel Spaß gewünscht, als ich mein Rad geholt habe. Und das hörte sich nicht einmal ironisch an. Manchmal ist sie erstaunlich gechillt, wenn man bedenkt, wie unerbittlich sie mich jahrelang gezwungen hat, Querflöte zu spielen. (Leider vergeblich. Ich war eindeutig die unbegabteste, faulste und schlechteste Flötistin aller Zeiten!) Heute ist Mama vermutlich beeindruckt von meiner Bereitschaft, auf ihren irrwitzigen Deal einzugehen. Oder sie hofft darauf, dass ich von selbst die Lust verliere. Was sogar passieren könnte – denn ich finde es echt komisch, ohne die Jungs zu spielen. Irgendwie gehörte das von Anfang an zusammen:

der Sport, die Kameradschaft, die gemeinsamen Busfahr-
ten zu Auswärtsspielen, die anschließend vertilgten Piz-
zas, unser Schlachtruf …

All das wird mir fehlen. Vielleicht sogar mehr als der
Fußball selbst. Aber Selma hat ausnahmsweise mal recht:
Ich werde es nie sicher wissen, wenn ich es nicht auspro-
biere. Oder mir zumindest mal anschaue.

Das Trainingsgelände des FFC Spreepark liegt tatsächlich nur ein paar Fahrradminuten von uns entfernt, aber
in diese Ecke der Stadt habe ich mich bisher noch nie
verirrt. Hier sieht es auch eher aus wie auf dem Land.
Um die Rasenplätze herum stehen riesige Bäume, und
dazwischen versteckt liegt ein hübsches Holzhaus mit Tischen und Bänken davor. Das muss wohl das Vereinsheim sein. Ich werfe meinen Plan, es mir im Schatten
unter einer Linde bequem zu machen, spontan über den
Haufen. Stattdessen setze ich mich an einen Tisch und
bestelle mir ein großes Glas Eistee. Es ist spätsommer-
lich heiß, und ich habe einen ganz trockenen Hals. Ob
vom Durst oder von der Nervosität, kann ich nicht sagen. Auch nicht, warum ich auf einmal so angespannt
bin. Schließlich will ich mir das Training nur mal ansehen. **Ganz unverbindlich.**

Von meiner Sitzecke aus habe ich einen super Blick auf
den Platz, auf dem eine braun gebrannte Frau mit raspel-
kurzen blonden Haaren dabei ist, lange Stangen in den
Boden zu stecken. Sie baut einen Hindernisparcours auf
und verteilt eine Reihe von Minitoren. Wenn sie die Trai-

nerin ist, scheint sie auf jeden Fall einen genauen Plan zu haben. Finde ich gut. Einfach nur vor sich hin zu kicken, bringt ja niemanden weiter. Nichts geht über einen Coach, der weiß, was er tut. Oder eine Coachin.

So langsam trudeln die ersten Spielerinnen ein. Lachend und fröhlich plappernd verschwinden sie in Richtung Umkleidekabine. Mich beachten sie nicht weiter, was vermutlich daran liegt, dass ich ziemlich versteckt unter einem Sonnenschirm direkt neben einem Rosenbusch sitze. Zusätzlich habe ich eine Sonnenbrille aufgesetzt. Damit kann ich so tun, als würde ich unbeteiligt vor mich hin starren, während ich in Wahrheit das Training genau beäuge.

»Bist du Franziska?«

Ich fahre herum. Neben mir steht die Trainerin. Vor lauter Grübeln habe ich gar nicht bemerkt, dass sie auf die Terrasse gekommen ist.

»Ähm – ja, bin ich. Woher wissen Sie das?«

»Ich bin Rose McArthur«, erwidert sie, und jetzt registriere ich auch einen leichten amerikanischen Akzent. »Matse Kaminsky ist ein alter Kumpel von mir. Sagen wir, er hat dich sozusagen angekündigt.«

Offenbar sind mir vor Schreck meine Gesichtszüge entglitten, denn sie muss grinsen. »Keine Panik, du kannst uns in Ruhe beschnuppern, bevor du dich entscheidest. Aber wenn du nur halb so gut bist, wie Matse behauptet, wärst du eine echte Bereicherung für unser Team.«

Ich atme auf. *Beschnuppern* – das klingt gut.

»Komm mit, ich stell dich den anderen vor, dann kannst du dich gleich gemeinsam mit ihnen umziehen.«

Umziehen? Oh nein, so haben wir nicht gewettet! Ich bleibe schön hier sitzen, trinke meinen Eistee und betrachte das Ganze aus sicherer Entfernung!

»Ein andermal vielleicht, ich hab gar keine Trainingssachen mit.«

Zum Glück. Diese Rose McArthur wirkt so entschlossen, sie hätte mich bestimmt nicht in Ruhe zusehen lassen, wenn ich meine Tasche dabeihätte.

Sie taxiert kurz meine Füße. »Schuhgröße achtunddreißig?«

»Stimmt genau«, staune ich, nur um mir gleich darauf auf die Lippen zu beißen. **So ein Mist!** Jetzt bin ich voll in die Falle getappt!

»Prima, auf geht's! Für heute tun es sicher auch die Stollenschuhe, die hier mal jemand vergessen hat. Wir nutzen sie als Ersatzschuhe für Notfälle – so wie jetzt.«

»Aber ich habe auch keine Trainingsklamotten dabei«, versuche ich es noch einmal halbherzig.

Mir ist längst klar, dass ich aus dieser Nummer nicht mehr rauskomme.

»Ach was, T-Shirt und Shorts sind doch perfekt«, winkt die Coachin ab, und ich muss einsehen, dass Widerstand zwecklos ist.

»Leute, das ist Franziska. Sie macht heute bei uns ein Schnuppertraining«, stellt mich die Trainerin vor. The-

resa und Lilian, die ich in der Umkleide schon kennenge-
lernt habe, nicken mir aufmunternd zu. Die beiden scheinen echt nett zu sein.

»Franziska – das ist viel zu lang, wenn man dir während
des Spiels zurufen will«, meint ein Mädchen mit dickem
goldblondem Zopf. Sie wirkt ein bisschen verkniffen.

»Da hat Nora nicht unrecht«, sagt Rose, die mir vorhin auch gleich das Du angeboten hat. »Wie hat man dich
denn in deiner alten Mannschaft genannt? Hattest du einen Spitznamen?«

»Franz«, sage ich. »War halt ein gemischtes Team.«

Dass ich das einzige Mädchen in diesem Team war, erwähne ich nicht. Irgendwie klingt das auf einmal ziemlich schräg. Als wäre ich ein **Freak**.

»Wie wär's, wenn wir dich Franzi nennen?«, schlägt
die Torfrau vor. »Ich bin übrigens Svea. Meine Eltern
haben mir einen Namen verpasst, den man wunderbar
brüllen und nicht wirklich abkürzen kann.«

Ich muss lachen, und sofort ist das Eis gebrochen.

»Perfekt. Meine Eltern nennen mich übrigens auch
Franzi.«

Eine Stunde später bin ich klatschnass geschwitzt. Nicht
nur, weil es so heiß ist, sondern auch, weil uns Rose ganz
gewaltig herumgescheucht hat. Wir haben verschiedene
Kraft- und Sprungübungen gemacht, sind mit dem Ball
im Slalom um die Stangen gedribbelt, haben Doppel-
pässe und Elfmeter geübt und verschiedene Freistoßva-

rianten ausprobiert. Insgesamt war das Training mega-
anstrengend, aber auch total abwechslungsreich und
keine Sekunde langweilig. Immer, wenn Rose McArthur
in die Trillerpfeife bläst, kommt ein neues Trainingsele-
ment an die Reihe. Nach dem letzten Pfiff fordert sie uns
auf, die Stangen, Bälle und Tore einzusammeln.

»Schade, schon vorbei«, keuche ich, während ich
zusammen mit Lilian eins der kleinen Trainingstore
wegschleppe.

»Jetzt geht's erst richtig los«, lacht sie – und als sie
mein entsetztes Gesicht sieht, klärt sie mich auf: »Die
letzte halbe Stunde ist immer für ein Match reserviert.
Ich hoffe, du bist in meinem Team.«

Okay – ein Trainingsspiel ist natürlich immer eine
feine Sache. Das macht Spaß und zeigt mir außerdem,
wie der FFC Spreepark als Mannschaft funktioniert.

Rose teilt zwei Teams ein und übernimmt selbst die
Rolle als Schiedsrichterin.

»Franzi, du spielst normalerweise im offensiven Mittelfeld, stimmt's?«

Ich nicke beeindruckt. Wow, Matse Kaminsky scheint
sie ja ausführlich informiert zu haben.

»Dann solltest du es auch jetzt auf dieser Position
probieren.«

Wir spielen zweimal fünfzehn Minuten, und es läuft
richtig gut. Theresa, Lilian, Janne, Leyla und Pia inte-
grieren mich richtig toll in ihr Team. Ich habe voll viele
Ballkontakte, und zum Glück gelingen mir ziemlich viele

Pässe. Aus zwei meiner Vorlagen entstehen sogar Tore.
Nachdem Janne einen Krampf im Bein bekommen hat
und nicht mehr so gut laufen kann, lasse ich mich etwas
mehr in die Defensive fallen und verhindere in letzter
Sekunde ein Gegentor. Nora kann es kaum fassen, dass
ich ihr diese hundertprozentige Chance noch vermasselt
habe.

Keine drei Minuten später rennt sie mich über den
Haufen. Obwohl sie dabei noch den Ball berührt hat und
es also kein echtes Foul war, bekommt sie einen Anschiss
von der Coachin: »Mensch, Nora, wir sind hier im Training! Das sollten alle Teammitglieder gesund überstehen. Bald fängt die Saison an, da brauchen wir den kompletten Kader.«

»Die Neue ist ja noch gar kein Teammitglied«, mault
Nora vor sich hin. Gerade so leise, dass die Trainerin es
nicht hört – aber so laut, dass ich es mitbekomme.

Ich reibe mir die Hüfte, auf der ich eben unsanft gelandet bin, und frage mich, was in aller Welt diese Nora für
ein Problem hat.

»Mach dir nichts draus«, raunt Theresa mir zu. »Die
ist manchmal ein bisschen schräg drauf.«

Tja, das ist mir auch schon aufgefallen.

Erst nach dem Abpfiff erfahre ich, was los ist. Nora
sieht mich offenbar als Bedrohung – jedenfalls ist das
Sveas Vermutung. »Sie ist unser Star im offensiven Mittelfeld. Selbst aufgestellt zu werden, ist für Nora fast wichtiger als ein Sieg. Ich finde es ganz gut, dass sie sich ihren

Stammplatz künftig erkämpfen muss. Konkurrenz macht uns nur besser!«

Das sehe ich auch so. Andererseits bin ich ja noch längst kein Teammitglied, und von einem Kampf um den Stammplatz kann überhaupt keine Rede sein.

»Ich habe mich ja noch gar nicht entschieden, ob ich überhaupt weiter Fußball spielen will«, wende ich ein.

Svea stemmt die Hände in die Seiten und schaut mich an, als hätte ich gerade behauptet, die Erde sei eine Scheibe. »Das ist wohl ein Scherz!«

Ich atme tief durch. Und auf einmal *weiß* ich es. Svea hat vollkommen recht. Die Vorstellung, nie wieder zu kicken, ist völlig absurd. Natürlich werde ich weitermachen. Und wenn mich Rose McArthur aufnimmt, spiele ich künftig wahnsinnig gern beim FFC Spreepark mit! Die Mädchen sind supernett (wenn man von einer gewissen schroffen Mittelfeldspielerin einmal absieht), die Trainerin hat's voll drauf, der Platz ist einfach traumhaft und liegt im Grunde gleich um die Ecke … Es ist die perfekte Lösung!

»So war das doch gar nicht gemeint«, behaupte ich, ohne mit der Wimper zu zucken. »Aber ich rechne eh nicht damit, so bald schon aufgestellt zu werden. Die ersten Spiele werde ich garantiert auf der Ersatzbank verbringen. Nora kann sich also entspannen.«

»Boah, erschreck mich nie wieder so!«, erwidert Svea und klopft mir freundschaftlich auf die Schulter. »Sehen wir uns nächsten Dienstag im Training?«

»Auf jeden Fall«, sage ich. »Wenn ihr mich dabeihaben wollt.«

»Es wäre uns eine Ehre«, mischt sich Rose ein. »Du bist eine echte Bereicherung für unser Team. Deine Trainingsleistung heute fand ich wirklich beeindruckend.«

Ich strahle über beide Ohren. Noras flammende Blicke ignoriere ich einfach. Ihr Problem, wenn sie mich nicht mag.

Eins-gegen-eins-Situation

Was in aller Welt zieht man zum Tanzen an?
Ein Kleid kommt jedenfalls nicht infrage. Allerhöchstens
beim Abschlussball. Und vielleicht schaffe ich es ja, mir
rechtzeitig einen Magen-Darm-Virus einzuhandeln, um
da nicht hinzumüssen.

Heute aber lässt Mama keine Ausrede gelten. »Abgemacht ist abgemacht«, hat sie unerbittlich erwidert, als
ich eben um eine Woche Aufschub gebettelt habe. »Du
warst schließlich schon drei Mal beim Fußballtraining,
also wirst du ganz gewiss nicht deine erste Tanzstunde
verpassen!«

Okay, das ist der Deal – das muss ich fairerweise zugeben. Aber ich werde mich dafür garantiert nicht schmin-
ken oder irgendwie tussihaft kleiden und schon gar keine
hohen Absätze tragen. Immerhin hat Selma behauptet,
Tanzen wäre ein Sport. Also entscheide ich mich für eine
bequeme Jeans, mein »Fußball ist unser Leben«-Retro-
T-Shirt und meine Lieblingsturnschuhe. Mama zieht ei-

nen Flunsch, als sie mich sieht, sagt aber nichts. Von einem speziellen Outfit war in unserer Abmachung schließlich nicht die Rede.

Zu meiner Überraschung herrscht im großen Saal der Tanzschule Mertens schon Gedränge. Irgendwie habe ich gar nicht damit gerechnet, dass so viele Teilnehmer kommen würden. Und das auch noch freiwillig, wie es scheint!

Zögernd betrete ich den Saal und lehne mich unweit der Tür an die Wand. Von hier aus habe ich einen guten Überblick. Selma würde behaupten, ich wolle jederzeit flüchten können, aber das ist natürlich Unsinn. Ich werde schon nicht abhauen, das wäre kindisch. Auch wenn ich keine Lust auf diesen Kurs habe – es ist schließlich für einen guten Zweck. Außerdem hat mich inzwischen die Neugier gepackt.

»Ganz schön nobel hier«, sagt neben mir ein blondes, braun gebranntes Mädchen zu seiner Freundin.

»Möchte mal wissen, wie viel Energie diese Kronleuchter verbrauchen«, meint die und schaut sich kritisch um.

Aha, da ist also noch jemand nicht besonders begeistert.

Natürlich hat sie recht. Das Eichenparkett, die Marmorsäulen, die Stuckdecken mit den gigantischen Lampen – das alles ist wahnsinnig protzig und reinste Geldverschwendung. Aber insgeheim muss ich mir eingestehen, dass mich dieser Raum durchaus beeindruckt.

»Mensch, Henriette, nun sei nicht so eine Spaßverderberin«, sagt das blonde Mädchen und bringt ihre Strom-spar-Freundin mit einer albernen Grimasse zum Lachen.

Jetzt gesellen sich zwei Jungs zu den beiden.

»Was ist so komisch?«, fragt einer von ihnen – offenbar Henriettes Freund, denn er wirkt ziemlich verliebt und greift nach ihrer Hand.

»Jill hat bestimmt mal wieder Clown gespielt«, vermutet der andere Junge und begrüßt die Blondine mit einem Kuss auf den Mund.

Auf einmal weiß ich, woher mir die vier bekannt vorkommen: Wir besuchen dieselbe Schule. Allerdings sind sie eine Klasse über mir, vielleicht sogar zwei. Jill hat vor einiger Zeit sogar eine große Schulveranstaltung moderiert und war dabei voll cool und souverän, so als täte sie nie etwas anderes. Damals habe ich sie, wie alle anderen, sehr bewundert.

In diesem Moment trifft mich Jills Blick, und mir wird bewusst, dass ich sie ungeniert angeglotzt habe. **Wie peinlich!** Schnell tue ich so, als ob ich jemand am anderen Ende des Saales entdeckt hätte, dem ich zuwinke. Oh Mann, vermutlich bin ich die schlechteste Schauspielerin der Welt, aber Jill scheint keinen Verdacht zu schöpfen. Sie lächelt mir kurz zu und wendet sich dann wieder ihrer Clique zu. **Puh,** Glück gehabt.

In diesem Moment taucht ein vertrautes Gesicht direkt vor mir auf. »Hey, Franz. Ist ja ein Ding, dass du tanzen lernen willst!«

»Latif! Du auch hier?« Ich bin völlig perplex.

»Aber du hast mir doch zugewinkt!« Der Torschützenkönig des FC Phönix Köpenick – meines ehemaligen Fußballclubs – lacht. Das letzte Mal, als ich ihn gesehen habe, war beim Saisonabschluss. Nie hätte ich damit gerechnet, einen meiner früheren Mannschaftskameraden ausgerechnet hier wiederzusehen!

»Klar, natürlich hab ich das«, sage ich schnell, denn ich kann ja wohl kaum zugeben, dass ich eben nur so getan habe, als hätte ich einen Bekannten gesehen. »Ich staune bloß, dass du dir das hier antust. Ich meine – Paso Doble statt Doppelpass und so.«

»Paso Doble, Jive, Walzer, Tango … Na klar, das ist doch cool. Jedenfalls behauptet mein großer Bruder das. Es gibt keine bessere Gelegenheit, Mädchen kennenzulernen und sie sogar anfassen zu dürfen, ohne Angst haben zu müssen, dass sie zickig reagieren«, sagt er.

Ich glaub's ja nicht! Also deshalb sind so viele Jungs hier? Um nach Herzenslust baggern und grapschen zu dürfen?!

»Tja, vom Fußball mal abgesehen, oder?«, erwidere ich. Denn ob bei Fouls oder beim Torjubel – nie habe ich zickig reagiert, wenn es beim Spiel zu Körperkontakt kam. Hat Latif das etwa vergessen?

Er stutzt. »Du meinst … Ach so, klar. Aber du bist ja auch was Besonderes«, stammelt er und wirkt irgendwie peinlich berührt, dass ich davon angefangen habe. Sieht ganz so aus, als hätte er völlig vergessen, dass ich ein Mädchen bin.

»Besonders … inwiefern?«, hake ich leicht verstimmt nach. Warum ich mich über ihn ärgere, verstehe ich selbst nicht so recht. Früher war es mir doch so wichtig, von den Jungs als ihresgleichen anerkannt zu sein. Ich wollte überhaupt nicht als weibliches Wesen betrachtet werden. Aber das war auf dem Fußballplatz – jetzt sind wir in einem Tanzsaal. Das ist ein kleiner Unterschied.

»In jeglicher Hinsicht besonders!« Latif grinst. »Besonders cool, besonders tough, besonders untussihaft.«

Ich muss lachen. »Das war die richtige Antwort, der Kandidat bekommt einhundert Punkte.«

»High five«, sagt Latif, und wir klatschen uns ab.

»Dann mal viel Spaß«, verabschiedet er sich und schlendert zurück zum anderen Ende des Saals. Hey, stehen dort etwa auch Ben, Valentin und Peer? Du liebe Zeit, und gleich daneben sind die drei Ms – Marcel, Marius und Matthis.

Krass – ist etwa das ganze Team da?

Die Tür nach draußen erscheint mir plötzlich unheimlich verlockend. Lieber würde ich abhauen und zu Hause eine Standpauke kassieren, als so etwas Absurdes zu tun, wie mit meinen Fußballkumpels zu **tanzen**!

Ich bin kurz davor, die Flucht zu ergreifen, als die riesige Flügeltür hinter einer rundlichen Dame ins Schloss fällt. Sie trägt ein chilirotes Kleid, passende Pumps und eine Hochsteckfrisur, die aussieht wie lila Zuckerwatte.

Augenblicklich verstummen sämtliche Gespräche, und

alle Augen sind auf die Zuckerwattedame gerichtet, die mit klappernden Absätzen den Saal durchquert, um schließlich die Stufen zu einer kleinen Bühne zu erklimmen.

»Willkommen in diesem Kurs, der euer Leben verändern wird!«, dröhnt ihre überraschend tiefe Stimme aus den gigantischen Lautsprechern in allen vier Ecken des Saales – dass sie unter den lila Haaren ein Headset trägt, hatte ich glatt übersehen. Theatralisch breitet sie die Arme aus.

Hilfe, wo bin ich hier hingeraten?

»Mein Name ist Viktoria Mertens, und ich werde Sie, meine sehr verehrten Damen und Herren, in den nächsten Monaten in die Geheimnisse des zeitgenössischen Gesellschaftstanzes einweihen.«

Was nun folgt, ist ein etwa zehnminütiger Vortrag über die Bedeutung dieses Kurses für unser Erwachsenwerden, unsere Entwicklung, unsere Zukunftschancen. Okay, wenn ich in der nächsten Mathearbeit mal wieder voll versage, kann ich dem Lehrer vielleicht ein paar Salsaschritte vorführen, und schon gibt's Bonuspunkte? **Schön wär's!**

Was die Zuckerwattedame da redet, ist natürlich völliger Humbug. Aber meinetwegen dürfte sie gerne noch eine Stunde weiterplappern, denn solange ihr Vortrag dauert, müssen wir wenigstens nicht tanzen.

Natürlich tut sie mir diesen Gefallen nicht. Stattdessen verlangt sie, dass wir zwei Kreise bilden. »Die Damen in den inneren Kreis, die Herren bitte in den äußeren.«

Es dauert mindestens drei Minuten, bis das gelingt. Die ganze Zeit staune ich darüber, als *Dame* bezeichnet zu werden. Irgendwie erscheint mir diese Tanzschule wie eine Art Paralleluniversum. Nur schade, dass es in diesem Universum – anders als in der Fußballwelt – keine Ersatzbank gibt. Nur zu gern hätte ich nämlich darauf Platz genommen und wäre auch gar nicht böse gewesen, wenn ich nicht mal in letzter Minute eingewechselt würde.

»Jeder Herr steht nun einer Dame gegenüber«, stellt die Tanzlehrerin fest. »Nehmen Sie nun bitte Tanzhaltung ein. Der Herr legt seine rechte Hand auf das linke Schulterblatt der Dame, ihr linker Arm liegt locker auf seinem rechten Arm, die Hand auf seinem Oberarm. Seine linke Hand hält ihre rechte seitlich des Körpers, beide Ellbogen sind in gleicher Höhe. Bitte aufrecht, Körperspannung. Aber nicht verkrampft. Und nicht zu weit voneinander entfernt. Natürlich auch nicht zu nah.«

Hilfe, das ist ja megakompliziert. Mich wundert, dass sich noch niemand verknotet hat. *Twister* ist ja harmlos dagegen! Das ist definitiv die schwierigste **Eins-zu-eins-Situation,** die ich je erlebt habe!

»Warten Sie, ich mache es Ihnen vor. Darf ich um einen Herrn bitten, der die Grundhaltung beherrscht?«

Niemand meldet sich freiwillig – natürlich nicht! Nie zuvor war ich so froh, kein Junge zu sein.

Die Zuckerwattedame fackelt nicht lange und winkt sich einen der älteren Jungs herbei. Auch ihn kenne ich

vom Sehen. Ist das nicht der Torhüter der B-Jugend-
mannschaft des FC Phönix? Und außerdem, wenn ich
mich nicht irre, der Exfreund des Mädchens, das vorhin
über die Grimasse seiner Freundin so gelacht hat?

Er scheint kein Anfänger zu sein, denn zusammen mit
Viktoria Mertens nimmt er in Sekundenschnelle die vor-
geschriebene Grundhaltung ein, als sei es das Selbstver-
ständlichste von der Welt. Erstaunlicherweise wirkt er
dabei weder affig noch albern, sondern eher lässig und
cool.

»Die Herren gehen bitte im Uhrzeigersinn eine Dame
weiter und probieren es mit der neuen Partnerin erneut«,
kommandiert die Tanzlehrerin.

Nach mehreren Versuchen und Tanzpartnerwechseln
haben wir es alle halbwegs hinbekommen. Die Zucker-
wattefrau ist noch nicht hundertprozentig zufrieden,
aber sie findet, dass es Zeit für den ersten Tanz ist. Den
Cha-Cha-Cha.

»Der Herr beginnt rechts seitwärts, die Dame links«,
lautet die Anweisung. »Seit-und-Seit, Wie-ge-schritt,
Cha-Cha-Cha, Wie-ge-schritt …«

Zwei links, zwei rechts, zwei fallen lassen, oder wie?
Das klingt ja wie ein Strickmuster. Und in Handarbeiten
bin ich mindestens so unbegabt wie in allem anderen,
was mädchenhaft ist.

Zum Glück tanzt sie uns die Schrittkombination noch
mal mit dem Jungen vor. Inzwischen ist mir auch ein-
gefallen, wie er heißt – nämlich Nick. Ich habe ihn mal

während eines Turniers beobachtet, als er eine Glanzparade nach der anderen abgeliefert und sein Tor komplett sauber gehalten hat. Fünf Spiele ohne Gegentreffer, das muss man erst mal schaffen!

Offenbar kann man sowohl auf dem Fußballplatz als auch auf dem Tanzparkett Topleistungen bringen, wie Nick beweist. Irgendwie versöhnt mich das ein bisschen. Mama hat wohl geglaubt, Tanzen sei feminin, aber Tatsache ist: Ohne Partner geht's nicht, und die sind meistens männlich. Tanzen ist logischerweise auch ein Männerthema. Tja, das hat sie wohl nicht bedacht!

» Und jetzt zu Musik«, ruft die Tanzlehrerin, und schon dröhnt *A night like this* durch die Lautsprecher. Ich stöhne leise auf. Diesen Song hörte Mama einen Sommer lang in Dauerschleife. Sie ist ein Riesenfan von Caro Emerald. Ob die wohl ahnt, dass zu ihrem Hit hilflose Jugendliche gequält werden?

» Uuund Seit-und-Seit, Wie-ge-schritt, Cha-Cha-Cha, Wie-ge-schritt!«

Oh Mann, und ich dachte, Schach sei kompliziert!

Selma hatte nicht unrecht: Tanzen ist Sport. Zumindest ist es eng, laut und schweißtreibend. Alle zählen laut mit und starren auf ihre Füße. Den meisten scheint die ganze Angelegenheit peinlich zu sein, jedenfalls nach ihren Gesichtern zu urteilen. Dauernd kommt das »Eine Dame weiter«-Kommando, und unweigerlich lande ich irgendwann bei Latif und den anderen Jungs, die ich vom

Fußball kenne. Ungeschickt schieben sie mich mit den Grundschritten des Cha-Cha-Cha übers Parkett. Sogar einige unserer früheren Gegner erkenne ich wieder – unter anderem den schrankbreiten Abwehrspieler, der mich im letzten Saisonspiel so gnadenlos niedergewalzt hat. Er erkennt mich nicht wieder. Ich nutze die Gunst der Stunde und räche mich für seine Brutalität, indem ich ihm mehrfach auf die Füße latsche.

Nach ihm tanze ich noch mit Peer, Valentin, Marcel, Matthis und so einigen anderen meiner Fußballkumpels. Die mir vertraut sind, seit ich ein Kindergartenkind war. Wir haben zusammen gefightet, gelacht, gefeiert, geheult, gekämpft. Heute stehen sie mir auf einmal mit schwitzenden Händen gegenüber und tun so, als wäre ich nie eine von ihnen gewesen. Was mich dabei am meisten verunsichert, ist die Tatsache, dass sie mich *Franziska* nennen. Sogar Latif tut das. Obwohl ich doch immer *Franz* für sie war und mich Latif noch vor nicht einmal einer Stunde so angeredet hat.

» Uuund Seit-und-Seit, Wie-ge-schritt, Cha-Cha-Cha, Wie-ge-schritt!«

Und wieder läuft *A night like this*.

Die Zuckerwattedame führt die Schrittfolge noch einmal zusammen mit Nick, dem B-Jugend-Torwart, vor.

Und ich frage mich, wie ich die nächsten elf Tanzstunden überstehen soll, ohne verrückt zu werden. Vom Abschlussball ganz zu schweigen …

Nachspielzeit

»**Hey, bist du nicht Franzi** aus der 9d?«

Das Mädchen mit dem hellblauen Haarband, das neben mir im Strom verschwitzter Leiber in Richtung Ausgang geschoben wird, ist mir vorhin schon aufgefallen. Sie tanzt ziemlich gut und scheint auch echt großen Spaß dabei zu haben.

»Stimmt genau«, erwidere ich. Blöderweise komme ich nicht auf ihren Namen. Mist, das wirkt bestimmt total unhöflich. Damit das nicht auffällt, mache ich ihr ein Kompliment über ihre Tanzkünste. »Bei dir sieht es aus, als wäre der Cha-Cha-Cha kinderleicht.«

»Ist er auch, wenn man die Schrittfolgen erst mal automatisiert hat«, grinst sie. »So sagt man doch im Sport, oder? Ich bin übrigens Marla. Und keine Sorge, falls du das nicht wusstest – ich kenne deinen Namen auch nur, weil ich für die Schülerzeitung mal über das Mittelstufen-Fußballturnier berichtet habe.«

Puh, da bin ich aber erleichtert!

»Ach, du warst das? Ein toller Artikel.«

»Klar, ich habe ja auch all deine Treffer ausführlich beschrieben«, erwidert Marla lachend.

»An diesem Tag konnte ich eben meine Automatismen besonders gut abrufen«, feixe ich. Wenn schon Sportjournalisten-Deutsch, dann richtig.

Jemand drängt sich zwischen uns, und kurz darauf haben wir es endlich geschafft: Wir stehen draußen.

»Also dann, bis nächste Woche«, sage ich und will mich schon auf den Heimweg machen, als Marla mich stoppt: »Hey, wir wollten noch 'ne Cola trinken gehen. Kommst du mit?«

Ich zögere. Wer ist wir?

»Die Mädels und ich wollen durchdiskutieren, welcher Junge die schwitzigsten Hände und die ungeschicktesten Füße hatte. Und natürlich sollten wir nach dem schweißtreibenden Training dringend unseren Flüssigkeitshaushalt ausgleichen. Also was ist – bist du dabei?«

Um ehrlich zu sein, habe ich eh keine Lust, schon nach Hause zu gehen und mich von meinen Eltern ausfragen zu lassen, wie es im Tanzkurs war. Deshalb beschließe ich spontan, mitzukommen – auch wenn ich nicht weiß, wen genau Marla mit *die Mädels* meint.

Kurz darauf sitzen wir zu fünft um einen Bistrotisch herum: Anne, Olivia, Sophie, Marla und ich.

»Also, ihr könnt euch auf den Kopf stellen und mit den Beinen wackeln, aber Mika ist für mich reserviert!«, verkündet Olivia und wirft theatralisch ihre schwarze Mähne in den Nacken.

»Pah, den kannste behalten«, winkt Anne ab. »Der ist mir eh viel zu klein. Und überhaupt sieht Matthis viel süßer aus.«

Matthis? Meint die etwa den Linksaußen des FC Phönix? *Süß* wäre nun wirklich die letzte Beschreibung, die mir zu ihm einfallen würde. Und wovon reden die beiden überhaupt?

»Mein absoluter Traumkandidat ist Levin«, verkündet Sophia.

»*Der* Levin, der gerade zur Tür hereinkommt – Hand in Hand mit dieser Beauty?« Marla deutet auf Jill, die gemeinsam mit ihrem Freund, Henriette und deren Freund das Bistro betritt.

»Aaaach, du kennst doch die Gerüchte über ihre On-off-Beziehung.«

»Ähm – darf ich mal fragen, worum es hier eigentlich geht? Macht ihr 'ne Partnervermittlung auf, oder wie?«, platze ich heraus. Die anderen starren mich an, als hätte ich gerade Klingonisch geredet. Dann gackern sie wie auf Kommando urplötzlich los. Hey, hab ich etwa den Anpfiff für einen kollektiven Lachanfall verpasst? Hilflos sehe ich zu, wie sie kichern, glucksen und grölen, bis ihnen die Tränen über die Wangen laufen. Das klingt so ansteckend, dass ich irgendwann sogar mitlache, ohne einen Funken Ahnung, was da gerade so witzig war.

»Du hast absolut recht, es geht darum, einen Partner

zu finden«, japst Marla schließlich. »Genauer gesagt: einen Abschlussballpartner.«

Ich fasse es nicht. Abschlussball ist doch erst in drei Monaten! Bis dahin ist doch noch ewig Zeit …

»Jetzt schon?«, staune ich. »Wir haben gerade mal die erste Tanzstunde hinter uns!«

»Damit kann man nicht früh genug anfangen«, klärt Olivia mich auf. »Die netten und gut aussehenden Jungs sind schnell vergeben.«

»Genau«, bestätigt Sophia. »Einen Tanzpartner, der einigermaßen gut tanzen kann, halbwegs süß ist und keinen widerlichen Mundgeruch hat, muss man sich frühzeitig sichern – sonst wird er einem vor der Nase weggeschnappt. Meine große Schwester kann ein Lied davon singen. Die hat damals zu lange gewartet und nur noch Pickel-Timo abbekommen.«

Oh, was für ein grausames Schicksal!

»Ernsthaft? Das ist eure größte Sorge?«

Die vier nicken im Takt.

Tsss. Während ich mir Sorgen darüber mache, wie ich diesen Kurs überhaupt überstehen soll und mich vor dem blöden Ball drücken kann, planen die anderen schon, mit wem sie in lächerlich festlichem Outfit übers Parkett schweben wollen.

Falls ich überhaupt daran teilnehme, ist es mir ehrlich gesagt total egal, wer dann mein Tanzpartner wird. Früher oder später wird sich das bestimmt von selbst ergeben. Er wird schon kein Monster sein.

Natürlich spreche ich meine Gedanken lieber nicht laut aus. Während die anderen weiter diskutieren, ob Levin theoretisch doch zu haben sein könnte und ob Mika süßer ist als Matthis, trinke ich meine Cola aus.

Mit dem Resultat, dass ich bald darauf dringend pinkeln muss.

»Ich bin mal kurz auf Toilette«, melde ich mich ab, doch Marla und die anderen blicken kaum auf. Die Frage, ob ein Tanzpartner unbedingt größer sein muss als man selbst und ob fünf Zentimeter Differenz reichen, fordert ihre volle Aufmerksamkeit.

Ich schüttele den Kopf. Die Mädels sind ja wirklich nett – allein schon, dass Marla mich dabeihaben wollte, hat mich gefreut. Aber irgendwie leben sie auf einem völlig anderen Planeten.

Oh Mann, wie ich mich aufs nächste Fußballtraining freue!

Beim Händewaschen treffe ich Henriette. Was heißt *treffe* – sie kennt mich ja nicht einmal. Und ich wusste bis vorhin, als ich ihr Gespräch mit Jill belauschte, nicht einmal, wie sie heißt. Jetzt stehen wir nebeneinander an den Designerwaschbecken und wissen beide nicht, wie man das Wasser anmacht. Der Hahn hat weder einen Hebel noch Drehgriffe. Auch Drücken kann man nirgendwo. Vielleicht reagiert er auf Bewegung? Wir probieren es – erfolglos.

»So was Blödes«, schimpft Henriette. »Schlimm genug, dass man einen Tanzkurs besuchen muss – braucht man jetzt auch noch einen Workshop, um diese Armaturen zu bedienen?« In diesem Moment rauscht das Wasser los. »Hey, das läuft über Infrarot«, schlussfolgert sie. »Du musst nur in die Nähe dieses Sensors kommen.«

Tatsächlich – wie konnte ich den nur übersehen? Jetzt klappt es auch bei mir.

»Du bist also auch nicht ganz freiwillig in der Tanzschule?«, rufe ich, um das Dröhnen des ultrastarken Lufthandtrockners zu übertönen.

»Ganz bestimmt nicht! Ich finde solche Veranstaltungen furchtbar altmodisch und erniedrigend, aber ich kann mich leider nicht drücken«, sagt sie.

»Geht mir genauso.«

»Ach, heiratet deine Oma auch, und du musst Walzer üben, damit du ihre Brautjungfer sein darfst?«

»Ähm – nein, nicht ganz.«

»Klar. War Sarkasmus. Ich hab dich schon verstanden, du kannst dich also auch nicht drücken. Was ist dein Grund?«

»Fußball«, sage ich und seufze tief.

»Hey, jetzt weiß ich auch wieder, wer du bist. Du heißt Franz, richtig? Ich hab dich mal bei einem Fußballturnier gesehen. Sehr cool, wie du dich im Jungsteam behauptet hast!«

»Eigentlich heiße ich Franziska. Und meistens werde ich Franzi gerufen. Aber du hast völlig recht, die Jungs haben immer Franz zu mir gesagt.«

Henriette legt den Kopf schief. »Vergangenheit?«

Eindeutig ist sie nicht nur Umweltschützerin, sondern offenbar auch eine echte Schnellmerkerin.

»Ich bin jetzt vierzehn. Also darf ich nicht mehr in einem gemischten Team spielen, sondern nur noch in einer reinen Frauenmannschaft. Und statt mit den Jungs zu kicken, muss ich jetzt Cha-Cha-Cha mit ihnen tanzen. Das ist der Deal mit meinen Eltern. Die sind so was von spießig ...«

Henriette stemmt die Hände in die Seiten und schüttelt entnervt den Kopf. »Wie bescheuert! Von einem Jungen würde man nie so etwas Dämliches verlangen. Das ist ja wie vor hundert Jahren, als Frauen noch keine Hosen tragen durften und das tun mussten, was ihre Männer verlangten.«

Jetzt muss Henriette schreien, weil ich meine Hände unter der Höllenmaschine trockne.

»Ganz so schlimm wie damals ist es ja zum Glück nicht«, brülle ich zurück.

»Ich schaffe es nur, diesen Quatsch mitzumachen, wenn ich es als wissenschaftliches Experiment betrachte. Verhaltenspsychologie in Extremsituationen«, verkündet Henriette todernst.

Ich muss grinsen. »Tja, wenn das so ist, kannst du mich gerne als Versuchskaninchen betrachten. Ich beantworte jederzeit alle deine Forscherinnenfragen.«

Sofort ist sie Feuer und Flamme. »Sehr cool! Hast du schon ungewöhnliche Verhaltensweisen beobachtet?«

»Allerdings! Meine ehemaligen Fußballkumpels benehmen sich mir gegenüber extrem seltsam. Als wäre ich eine Fremde. Dabei kennen wir uns seit Jahren und haben so viel miteinander erlebt.«

Henriette berührt ihre Stupsnase, genau wie der Zeichentrick-Wickie, wenn er eine Idee hat. Irgendwie sieht sie ihm sogar ähnlich, wie mir gerade auffällt. Hatte Wickie eigentlich auch Sommersprossen?

»Ich muss unbedingt Nick fragen, ob die Situation einen Rollenkonflikt auslösen könnte. Ich glaube, in seinem Team waren früher auch Mädchen. Er kennt das also bestimmt.«

Redet sie von dem Jungen mit der dunkelblonden Wuschelmähne, der vorhin zusammen mit Viktoria Mertens vortanzen musste? Also ihrem Exfreund?

Henriette deutet meinen verblüfften Gesichtsausdruck ganz richtig. »Ich bin schon eine ganze Weile nicht mehr mit Nick, sondern mit Jacob zusammen, aber Nick und ich verstehen uns trotzdem noch super. Wir sind jetzt wieder im Kumpelmodus.«

»Und das funktioniert?«

»Super sogar. Wir sind ziemlich beste Exfreunde«, erwidert sie lachend.

Ich lache mit, auch wenn mir beim Gedanken daran, dass Latif, Matthis und die anderen auf einmal zu ziemlich seltsamen Exfußballkumpels mutiert sind, eher zum Heulen zumute ist.

»Übrigens können sie beide super tanzen – sowohl

Nick als auch Jacob haben diesen Anfängerkurs schon
zwei Mal mitgemacht. Genau wie mein großer Bruder.«

»Echt, die tun sich das freiwillig mehrfach an?«, frage
ich erstaunt.

»Klar, zusätzliche Tänzer werden immer gesucht, weil
es normalerweise Mädchenüberschuss gibt. Nicks Eltern
kennen die Tanzlehrerin ganz gut, er tut es ihnen zuliebe.
Und Jacob natürlich mir zuliebe.«

Henriette muss sich also keine Gedanken über ihren
Abschlussballpartner machen. Mit einem festen Freund
ist so ein Kurs vielleicht nur halb so schrecklich.

»Deshalb ist Jacob ein richtig guter Tänzer«, meint sie,
während wir den Waschraum verlassen und uns durch
das inzwischen bis auf den letzten Platz gefüllte Bistro
zurück zu unseren Tischen schieben. »Zum Glück, denn
ich habe zwei linke Füße. Wenn er mich nicht führen
würde, dann würde ich sie garantiert verknoten.«

Oh ja – die habe ich beim Tanzen auch, die zwei linken
Füße. Beim Fußball dagegen bin ich sogar beidfüßig …

Körperkontakt

Es gelingt mir, mich mit ein paar nichtssagenden Floskeln aus der Affäre zu ziehen. Meine Eltern hätten zwar gern einen ausführlicheren Bericht aus mir herausgelockt, aber ich tue so, als wäre ich fix und fertig von der Anstrengung des Tanzens, und verziehe mich in mein Zimmer.

Wo ich als Allererstes Selmas Nummer wähle.

»Das war definitiv der seltsamste Abend meines Lebens«, fasse ich meine Eindrücke zusammen.

Selma ist nicht ganz so leicht auszutricksen wie meine Oldies und will alles bis ins kleinste Detail wissen. Was kein Problem ist, denn genau deshalb habe ich sie ja angerufen.

»Am verrücktesten war, dass mich die Jungs aus meiner alten Mannschaft auf einmal Franziska genannt haben. Nein, halt, das Verrückteste war, dass die anderen Mädels schon nach dem ersten Abend potenzielle Abschlussballpartner durchdiskutiert haben. Wobei es ja eigentlich noch viel verrückter war, dass die Mertens uns *Damen* und *Herren* genannt hat. Hey, ich fühle mich echt nicht wie eine Dame!«

»Vergiss nicht, Luft zu holen«, unterbricht mich Selma amüsiert. Die findet das Ganze offenbar urkomisch. »Und reg dich ab, Tanzkurse sind nun mal so. Dass die Jungs einen auf einmal mit ganz anderen Augen betrachten, ist doch auch Sinn der Sache. Das liegt am Körperkontakt, der ja unvermeidbar ist.«

»Pah, beim Fußball ist er auch unvermeidbar. Das ist schließlich ein Kampfsport, kein Hallen-Halma.« Sagt jedenfalls Matse Kaminsky, mein Extrainer.

Diese Bemerkung hätte ich mir lieber verkneifen sollen. Denn was jetzt folgt, ist ein ausführlicher Vortrag über den Unterschied zwischen einem fiesen Foul und einer zarten Berührung beim Tanzen.

»Schon gut, ich hab's ja kapiert!«, unterbreche ich Selma schließlich ungeduldig. »Aber trotzdem finde ich es seltsam.«

Und zwar dermaßen seltsam, dass ich, auch nachdem wir längst aufgelegt haben, noch lange darüber nachgrübele.

Bisher hat es für mich nie eine Rolle gespielt, ob ein Junge besonders pickelig ist, leicht schwitzt oder eine süße Frisur hat. Da war nur wichtig, wie gut sein Einsatz fürs Team war, wie genau einer die Pässe spielte und wie viele Tore er schoss beziehungsweise verhinderte. Umgekehrt galt das genauso. Ich war nicht Franziska, das Mädchen, das beim Cha-Cha-Cha Probleme mit dem Wiegeschritt hat, sondern Franz, das Teammitglied mit den meisten Assists in der vergangenen Saison.

Warum ist auf einmal alles so kompliziert?

Mama würde jetzt vermutlich sagen, es wird höchste Zeit, dass ich mich wie ein richtiges Mädchen verhalte. Eine Formulierung, die ich noch nie verstanden habe. Was soll das denn bitte schön sein, *ein richtiges Mädchen*?

Wenn es nach Mama geht, ist das ein zartes Wesen mit hübschen Klamotten, vorzugsweise in Rosa und Lila mit viel Glitzer, das gerne Kekse backt, Tennis spielt, komplizierte Flechtfrisuren ausprobiert und nicht einmal ansatzweise die Abseitsregel erklären kann. Das vielleicht auch heimlich irgendwelche süßen Jungs anhimmelt und sein Tagebuch mit seinen Schwärmereien füllt.

Wenn das die Definition von einem *richtigen* Mädchen ist, dann bin ich lieber ein falsches.

Aber vielleicht hat Mama ja unrecht? Okay, sie hat zwar viel mehr Lebenserfahrung als ich und ist Lehrerin. Also sollte sie über die wichtigsten Fragen des Lebens Bescheid wissen, finde ich. Aber stattdessen habe ich die leise Vermutung, dass sie in mancher Hinsicht einfach gnadenlos altmodisch ist. Schließlich stammt sie aus einer Zeit, in der es noch nicht einmal Internet gab!

Da kommt mir eine Idee ...

Ich zücke mein Smartphone und rufe Google auf. »Was ist ein richtiges Mädchen?«, gebe ich ein.

Und zack: 547 000 Treffer!

Als Erstes stoße ich auf einen Psychotest, der mir verraten soll, ob ich ein Girlie bin oder doch eher ein verkappter Kerl. Obwohl ich schon ahne, was dabei herauskommen wird, wundere ich mich ziemlich über die Frage nach meiner Lieblingsfarbe. Ich mag Hellblau – weil es fröhlich und sommerlich wirkt und mir außerdem ziemlich gut steht. Aber was hat das mit meinem Geschlecht zu tun?

Als Nächstes geht es um meine Schminkgewohnheiten. Na ja, hier wird wohl kein Klischee ausgelassen. Dabei gibt es ziemlich viele Frauen, die niemals Make-up benutzen. Oder Männer, die Lidschatten und Nagellack tragen. Zum Beispiel einige Oberstufenschüler in unserer Schule – sie spielen in einer Band und stylen sich sehr aufwendig. Mir wäre das, ehrlich gesagt, viel zu mühsam.

Ja, ich trage am liebsten Jeans und lässige T-Shirts. Was, bitte, ist daran auszusetzen? Muss es denn hauteng und bauchfrei sein? Also echt …

Die unvermeidliche Frage nach meinem Lieblingshobby beantworte ich natürlich mit »Fußball« – und ganz gewiss nicht mit »Styling und Mode«. Was ist denn das für eine dämliche Auswahl?

Weiter geht's: Nein, ich spiele nicht mehr mit Puppen. Ja, ich bin sowohl mit Jungs als auch mit Mädchen befreundet. Ich gehe gern ins Kino und unterhalte mich mit meinen Freundinnen weder über Frisuren noch über Liebeskummer.

Klick – schon wird mir das Ergebnis angezeigt. Ich bin jungenhaft. **Aha.** Es wird mir sogar nahegelegt, das zu ändern, wenn ich keine Außenseiterin bleiben will. Aber ich bin doch keine Außenseiterin!

Dieser Test ist **bescheuert**. Wütend klicke ich ihn weg.

Die nächsten Seiten, auf die ich stoße, sind auch nicht viel besser. Da werden mädchenhafte Klamotten (süße Kleidchen), mädchenhafte Hobbys (Reiten, Ballett, Schmuckdesign) und mädchenhafte Vorbilder (Minnie Mouse) genannt. Hilfe!

Es gibt sogar Foren, in denen Mädchen einander Tipps geben, wie sie mädchenhafter werden können. Und zwar nicht, weil sie so, wie sie sind, nicht zufrieden wären, sondern weil sie glauben, ihrem Freund dann besser zu gefallen.

Also ehrlich: Ein Freund, für den ich mich verstellen müsste, kann mir gestohlen bleiben!

Ich will mein Smartphone schon genervt beiseitelegen, als mir ein Link ins Auge fällt. *Mädchenhaft ist, was Mädchen cool finden*, steht da. Neugierig klicke ich darauf und lande auf einem Blog mit dem Titel *Was ich wirklich wissen will – Jette V. berichtet über allerhand Spannendes.* Klingt interessant. Es kann ja nicht schaden, auch hier noch kurz reinzuschauen.

Typisch Mädchen?

Wie oft hat man dir schon gesagt, so etwas machen Mädchen nicht? Behauptet, das kannst du doch eh nicht, weil du ein Mädchen bist? Oder dir

empfohlen, dich mädchenhafter anzuziehen, zu
benehmen, zu reden? Dich nicht so anzustellen?
Pfeif drauf! Mädchenhaft ist, was du magst!

Ja, ja genau! Sag ich doch! Diese Jette V. spricht mir aus
der Seele. Warum habe ich dieses Blog nicht schon früher entdeckt? Begeistert lese ich weiter:

»Normale Mädchen tun so etwas nicht«
Habt ihr diesen Spruch schon mal zu hören
bekommen? Also ich schon öfter. Meistens von
Erwachsenen. Ich wüsste zu gern mal, wer das
Märchen vom »normalen Mädchen« erfunden hat.
Vielleicht gibt es ja vereinzelte Exemplare, die
am liebsten Glitzerkleidchen tragen und davon
träumen, eines Tages Prinzessin zu werden – und
wenn das nicht klappt, wenigstens Model oder
Popsängerin. Falls solche Mädchen tatsächlich
existieren, sind sie ganz bestimmt nicht normal.
Denn die Mädchen, die ich kenne, ticken ganz
und gar nicht so. Die wollen Pilotin werden
oder professionelle Fußballerin, genau so wie
viele Jungs. Meine Freundinnen bestimmen alle
selbst, was sie gut finden – egal, ob das typisch
Mädchen oder typisch Junge ist. Ich zum Beispiel
finde es interessant, im Biounterricht Frösche zu
sezieren, und das ganz ohne dabei hysterisch zu
kreischen oder in Ohnmacht zu fallen.

Einen Frosch zerschnippeln zu müssen, fände ich, offen gestanden, nicht besonders toll. Aber ich würde definitiv keine spitzen Schreie ausstoßen!

Ist euch schon mal aufgefallen, dass »wie ein Mädchen« fast so etwas wie eine Beleidigung ist? »Wie ein Junge« dagegen wird nie benutzt, um jemanden abzuwerten. Dagegen gilt es als »mädchenhaft«, bei jeder Gelegenheit loszuheulen, albern zu kichern, mit dem Po zu wackeln und vollkommen lächerlich zu rennen. Es gibt übrigens einen Werbespot, in dem Leute dazu aufgefordert werden, »mädchenhaft« zu laufen. Was dann geschieht, ist die reinste Parodie. Ihr solltet euch das mal anschauen. Und darüber nachdenken, was da in den Köpfen schiefläuft. Hier ist der Link: www.youtube.com/watch?v=XjJQBjWYDTs Wir sollten nie vergessen, dass es NICHT lächerlich ist, ein Mädchen zu sein. Lächerlich ist nur die Behauptung, es wäre so!

Ich schaue mir den Film an und kann kaum fassen, was ich da sehe. Mädchen, die eigentlich ganz sportlich wirken, bewegen sich plötzlich völlig albern, als man ihnen sagt, sie sollten **wie ein Mädchen** laufen oder einen Ball werfen.

Ist es etwa das, was meine Mutter von mir erwartet?

Falls ja, kann sie das jedenfalls voll vergessen! Ich sehe die Sache genau wie Jette V.: Ich bin ein Mädchen. Daher ist alles, was ich gerne tue, automatisch mädchenhaft. **Punkt.**

Zusatztraining

Bei einem Thema erfülle ich übrigens sämtliche Vorurteile: Mädchen und Mathe. Ja, ich weiß, das ist ein Klischee. Leonore aus unserer Klasse ist übrigens ein Genie in Mathe. Und das, obwohl sie aussieht wie ein Rauschgoldengel mit ihren langen Locken und ihrer makellosen Haut.

Ich dagegen kapiere rein gar nichts. Vor allem nicht diesen blöden Satz des Pythagoras. Schade, dass der Typ nicht mehr lebt, sonst würde ich ihn mir mal vorknöpfen.

In diesem Leben werde ich wohl nicht mehr begreifen, was ein Hypotenusenquadrat ist. Ich finde ja, es hört sich ziemlich ungesund an. So wie etwas, wogegen man dringend Tabletten schlucken sollte. Leider gibt es keine Medikamente gegen chronisches Matheversagen.

Heute haben wir einen Test zurückbekommen – ich habe eine Fünf. Minus sogar. Oh Mann, meine Pädagogen-Oldies werden alles andere als begeistert sein.

»Mensch, das war doch bloß ein einziger Test!«, versucht Selma, mich zu trösten. »Das bedeutet noch lange nicht, dass du auch eine Fünf im Zeugnis bekommst.«

So weit habe ich noch gar nicht gedacht. Wenn das passiert, verbieten sie mir womöglich noch das Fußballspielen. Da würde es mir nicht einmal helfen, wenn ich Ballkönigin wäre!

Selbst eine Vier im Zeugnis würde definitiv das Ende meiner Karriere beim FFC Spreepark bedeuten – die übrigens noch gar nicht so richtig angefangen hat, denn bisher habe ich zwar durch Trainingseifer geglänzt, bekam aber noch keinen einzigen Einsatz in einem Punktespiel. Was natürlich völlig okay ist, schließlich bin ich neu im Team. Dass ich erst einmal eine Weile auf der Ersatzbank zubringen muss, war mir von Anfang an klar.

Aber was, wenn ich den Schritt von der Bank auf den Platz niemals schaffe?

»Dieser idiotische Pythagoras-Typ ist schuld«, schimpfe ich.

»Ähm – woran genau?«, erkundigt sich Selma. Habe ich das etwa laut gesagt? Offenbar schon.

»Daran, wenn mein ganzes Leben schiefläuft«, fasse ich das Chaos in meinem Kopf zusammen.

»Ach, du übertreibst mal wieder!«

Tu ich nicht! Wütend beiße ich in mein Pausenbrot. Meine Laune ist jetzt schon am Tiefpunkt. Dabei haben wir noch vier unendlich lange Schulstunden vor uns. Eine öder als die andere. Geschichte, Musik, Doppelstunde

Französisch. Wenigstens haben wir Mathe schon hinter uns. Auch wenn das bedeutet, dass ich bereits eine Fünf kassiert habe, die in meiner Schultasche so schwer wiegt wie ein Sumo-Ringer.

»Ich versteh das gar nicht«, sagt Selma und blinzelt in die Vormittagssonne. »Letztes Jahr standest du doch noch auf einer guten Drei in Mathe.«

»Pah! Letztes Jahr hatten wir ja auch noch Frau Schröder-Sonntag in Mathe – die konnte wenigstens gut erklären. Im Gegensatz zu Dr. Winckler. Der könnte mir nicht mal das kleine Einmaleins beibringen.«

Selma runzelt die Stirn und zuckt mit den Schultern. »Na, dann sind wohl Notfallmaßnahmen nötig. Du brauchst Nachhilfe.«

Ihre Idee geht mir den ganzen Nachmittag nicht mehr aus dem Kopf. **Nachhilfe.** Also so etwas wie Zusatztraining. Das könnte die Lösung sein. Beim Fußball habe ich damit mein Konditionsproblem gelöst. Könnte es bei Mathe genauso easy laufen? Ich bräuchte natürlich einen guten Coach. Hm. Das ist schon die erste Hürde.

Papa könnte mich mit Leichtigkeit trainieren, aber er darf ja nichts von meiner akuten Pythagoras-Schwäche erfahren. Außerdem würde es ohnehin nicht funktionieren. Einmal wollte er mir den Dreisatz beibringen, und das Ganze endete mit einem Riesenzirkus. Seine Art zu erklären ist noch viel unverständlicher als die von Dr. Winckler. Ich habe einfach nicht kapiert, worauf er hinauswollte.

Dann wurde er immer lauter, und ich habe angefangen zu heulen, woraufhin er übertrieben genervt gestöhnt hat und ich gesagt habe, mir täten seine Schüler leid. Oh nein, Papa werde ich garantiert nicht noch einmal um Nachhilfe bitten!

Selma würde mir garantiert helfen, aber sie ist ja selbst eine Niete in Mathe.

Leonore ist zwar ein Ass in meinem Hass-Fach, aber sie kann mich nicht leiden, seit ich mich mal über ihre silbernen Lack-Ballerinas lustig gemacht habe. Die sahen aber auch albern aus! Allein schon die völlig funktionslosen Schleifchen …

Und Konstantin? Ich würde fast wetten, dass mein Nerd-Bruder diese Pythagoras-Sache durchschaut, und das, obwohl er erst in der siebten Klasse ist. Wer naturwissenschaftliche Bücher einfach so zum Spaß liest, dem ist alles zuzutrauen! Allerdings würde ich eher barfuß Fußball spielen, als den kleinen Streber zu fragen. Auch wenn er ein Mathe-Genie ist.

Wer sonst käme infrage? Hm. Vielleicht könnte ich morgen einen Aushang am Schwarzen Brett machen. Oder via Facebook nach einem Nachhilfelehrer suchen.

Gar keine schlechte Idee eigentlich. Aber das muss warten bis nach dem Tanzkurs. Heute ist nämlich der Jive dran, und laut Selma ist das der coolste Tanz von allen. Sie hat mit mir um ein großes Spaghettieis gewettet, dass er mir Spaß macht. Das glaube ich zwar ganz und gar nicht, aber Tatsache ist: **Ich liebe Spaghettieis!**

Ich schaffe es gerade noch rechtzeitig, vor Viktoria Mertens in den Tanzsaal zu schlüpfen.

»Welche Laus ist dir denn über die Leber gelaufen?«, fragt mich Henriette, der meine mürrische Miene offenbar sofort auffällt.

»Eine Laus namens Schule«, seufze ich.

»Und warum sprichst du das Wort *Schule* in einem Tonfall aus, als würdest du *Folterkammer* meinen?« Henriette scheint sich wirklich für meine Sorgen zu interessieren. Spontan erzähle ich ihr den ganzen Pythagoras-Schlamassel.

»Okay, ihr habt also seit Schuljahresbeginn diesen neuen Mathelehrer, und seine Art zu erklären ist irgendwie nicht kompatibel mit deiner Art zu verstehen. Richtig?«

»Perfekt zusammengefasst.« Ich nicke. »Und ich hab auch schon eine Lösung: Zusatztraining. Mir fehlt bloß noch der richtige Coach. Jemand, der gut in Mathe ist und mir das auch so beibringen kann, dass es in meinem Gehirn ankommt.«

Ein schrilles Quietschen unterbricht unser Geflüster. Viktoria Mertens hat ihr Headset-Mikro eingeschaltet und begrüßt uns mit einer fiesen Rückkopplung. Dann fordert sie uns auf, die üblichen zwei Kreise zu bilden und die Grundhaltung einzunehmen.

»Ich hab da eine Idee«, raunt Henriette mir zu, bevor die Tanzlehrerin ihr *Rück-vor-Wechselschritt-Wechselschritt*-Kommando ins Mikro brüllt.

Nach dem Kurs treffe ich Selma in der Eisdiele. Sie kann es kaum glauben. »Henriette hat dich mit ihrem Exfreund verkuppelt?«

»Unsinn – sie hat ihn bloß gefragt, ob er mir ein paar Mathe-Nachhilfestunden gibt. Mit Verkuppeln hat das rein gar nichts zu tun, höchstens in deiner Fantasie«, widerspreche ich und widme mich dann wieder meinem Spaghettieis. Es ist irrsinnig lecker! Und ich bin wieder so gut drauf wie schon lange nicht mehr. Es stört mich nicht einmal, dass ich die Wette verloren habe und unsere Eisbecher nachher bezahlen muss. Denn Selma hatte tatsächlich recht – der Jive hat mir Spaß gemacht. Man braucht gute Kondition, um dabei nicht außer Atem zu kommen, aber die hab ich ja. Wenn alle Tänze so viel Power hätten, wäre dieser Kurs nicht halb so furchtbar!

»Warum strahlst du denn so, wenn nicht wegen dieses Typen?«, bohrt Selma weiter.

»Nicht wegen des Typen – sondern wegen der Tatsache, dass er mich in Mathe retten wird. Henriette ist sich hundertprozentig sicher, dass er das schafft. Nick ist der weltbeste Nachhilfelehrer, hat sie gesagt.«

»Und vermutlich auch der attraktivste von allen Nachhilfelehrern in ganz Berlin«, erwidert sie vielsagend.

»Hey, schließlich war die ganze Nachhilfesache doch deine Idee!«

Das muss Selma zugeben. Und als meine beste Freundin drückt sie mir natürlich die Daumen, dass sich mein akutes Matheproblem bald in Luft auflöst.

»Aber süß ist er schon, das musst du zugeben.«

Ich gebe allerhöchstens zu, dass er von Weitem nicht übel aussieht, was allerdings mit seinen Fähigkeiten beim Matheerklären nicht das Geringste zu tun hat.

»Wieso nur von Weitem? Ich denke, ihr habt euch für morgen verabredet?«

»Nicht direkt – das hat Henriette telefonisch gedeichselt. Nick musste heute zum Arzt und hat es nicht mehr rechtzeitig zum Tanzkurs geschafft. Aber sie konnte ihn auf dem Handy erreichen und alles klären.«

Selma zieht die Stirn kraus. »Und das alles tut sie aus purer Nettigkeit?«

Manchmal neigt Selma dazu, eifersüchtig zu werden. Dann hat sie Angst, jemand könnte ihr die Position als **beste Freundin** streitig machen. Ich sage schon gar nichts mehr dazu. Eigentlich finde ich so ein Freundschaften-Ranking total **bescheuert**. Selma muss sich das mit der Eifersucht echt abgewöhnen, das nervt nämlich gewaltig. Aber heute habe ich keine Lust, mich darüber aufzuregen.

»Genau – aus Nettigkeit«, erwidere ich daher trocken, als hätte ich die Stirnfalten und den schrillen Unterton in ihrer Stimme kein bisschen registriert.

»Super, das Eis, oder?«, wechsele ich abrupt das Thema, bevor die trüben Gedanken meine blendende Stimmung wieder verderben.

Seitenwechsel

Am nächsten Tag steht Nick pünktlich um drei auf der Matte. Zum Glück sind meine Eltern einkaufen gefahren und haben Konstantin mitgenommen, weil er einen neuen Anzug für seinen nächsten Auftritt mit dem Orchester braucht. Manchmal kann ich es echt nicht fassen, dass er und ich dieselben Gene haben. Ich kenne niemanden, mit dem ich weniger Gemeinsamkeiten hätte als mit ihm! Da käme schon eher jemand wie Nick als mein Bruder infrage. Der ist wenigstens sportlich, durchtrainiert, braun gebrannt – nicht so ein blasser Stubenhocker wie Konstantin, der Fußball hasst und den ganzen Tag nur Klarinette übt oder irgendwas Nerdiges erforscht.

»Ähm – darf ich reinkommen?«, fragt Nick grinsend.

Ups. Ich war wohl so in Gedanken versunken, dass ich ganz vergessen habe, ihn reinzubitten.

»Na klar, nur zu«, rufe ich fröhlich. Klingt vielleicht ein bisschen überdreht, aber Hauptsache, Nick hält mich nicht für total schwachsinnig.

Nick fährt sich durch die Haare. »Cooles Zimmer!«
Jetzt weiß ich auch, warum seine Frisur immer so ver-
wuschelt ist.

»Findest du? Na ja, ein normales Zimmer eben«, antworte ich lässig und bin auf einmal ganz froh, dass ich in
letzter Sekunde noch ein bisschen aufgeräumt habe. Ich
meine – es wäre schon irgendwie peinlich, wenn es noch
so chaotisch aussähe wie sonst. Überall Klamottenhaufen
auf dem Boden und kein einziger freier Sitzplatz ... Jetzt
hat Nick sogar die freie Wahl zwischen Schreibtischstuhl,
Sofa und Sessel.

Er entscheidet sich für ... den Boden. »Ich finde, man
kann besser denken, wenn man geerdet ist«, meint er.

Okay, wenn das so ist, mache ich es genauso. Mein
Hirn kann jede Art von Unterstützung gebrauchen, die
es nur kriegen kann.

»Wenn man Mathe im Kopfstand besser kapiert, mache ich auch das«, seufze ich.

Nick lacht. »Käme vielleicht auf einen Versuch an.
Aber um den Satz des Pythagoras zu verstehen, brauchst
du keine Tricks. Der ist nämlich ganz simpel.«

Du liebe Zeit – das bedeutet wohl, dass im Verlauf des
Schuljahres noch viel kompliziertere Themen auf mich
zukommen werden? Ich raufe mir verzweifelt die Haare,
und Nick muss erneut lachen. Doch dann wird er wieder
ernst. »Als Erstes muss die Blockade aus deinem Kopf
raus. Du denkst, du wärst schlecht in Mathe, also bist du
es auch. Denk lieber positiv, Siska.«

Was, bitte, soll an einer Fünf minus positiv sein?

»Ich bilde mir diese Note nicht ein, hier steht sie rot auf weiß«, widerspreche ich und wedele mit dem Test vor seiner Nase herum.

»Und was, glaubst du, ist die Ursache dafür?«

Na, was wohl. Ich bin eine Niete in Mathe!

»Mein Kopf ist einfach nicht gemacht für solche Dinge. Für Gleichungen, Winkel und Hypotenusenquadrate.«

Vermutlich war die ganze Sache mit der Nachhilfe eine blöde Idee. Ich werde das niemals kapieren, ganz egal, wie viel Mühe Nick sich gibt. Gerade ist mir klar geworden, dass es nicht an meinem Lehrer liegt, sondern ganz allein an mir selbst. Ich hab's einfach nicht drauf.

»Schreib das bitte auf«, sagt Nick.

»Wie – was soll ich aufschreiben?«

»Na, das, was du eben gesagt hast. Und gedacht.«

Hat der ein Rad ab? Oder will er mich verschaukeln?

Aber Nick schaut mich so ernst und zugleich auffordernd an, dass ich wie hypnotisiert zu Zettel und Stift greife.

Ich schaffe das nie, kritzele ich hin. **Mathe ist nichts für mich. Ich bin zu blöd dafür. Niemand kann mir helfen. Alles ist Mist.**

Nick liest mit ernster Miene, was ich geschrieben habe. Wenn er gleich aufsteht, um zu gehen, muss ich mich nicht wundern. Schließlich habe ich ihm gerade indirekt zu verstehen gegeben, dass sein Einsatz hier völlig überflüssig ist.

Doch statt aufzustehen, reißt er das Blatt in tausend kleine Fetzen und lächelt dabei siegesgewiss. Ich starre ihn verblüfft an. Was tut er da? Warum ist mir bisher noch nie aufgefallen, was für irre lange Wimpern er hat? Und was für eine unglaubliche Augenfarbe. Nicht grün, nicht braun … eher so etwas wie bernsteinfarben. **Krass.**

Wortlos nimmt mir Nick jetzt Block und Stift ab und fängt selbst an zu schreiben.

»Hier, lies, dann setze deine Unterschrift drunter«, sagt er schließlich und schiebt den Block wieder zu mir rüber.

Mathe ist logisch, steht da. **Ich kann das. Wenn ich es so, wie es mein Lehrer erklärt, nicht verstehe, liegt es an ihm, nicht an mir.**

Ich zögere. »*Das* soll ich unterschreiben?«

Er nickt. »Genau. Und dann legen wir los. Wetten, dass es funktioniert?«

Oh Mann, wie kann sich Nick da bloß so sicher sein? Was glaubt der denn, wer er ist? **Pah!** Dem werde ich's zeigen!

Ich schnappe mir den Stift und setze meine Unterschrift unter sein Pamphlet. Nur um ihm das Gegenteil zu beweisen.

»Wetten, dass nicht?«, sage ich.

Eine Stunde später findet Nick, es wäre Zeit für eine Textaufgabe.

»Bloß nicht!«, rufe ich erschrocken.

»Warum denn nicht? Das schaffst du locker!«

Wieder versucht er, mich mit seinen Bernsteinaugen zu hypnotisieren, aber diesmal falle ich nicht drauf rein.

»Weil Textaufgaben scheiße sind. Ich hasse die! Da weiß ich nie, was ich überhaupt ausrechnen soll. Selbst wenn ich die Methode, um die es geht, kapiert habe, versage ich bei Textaufgaben total.«

Nick lacht – mal wieder. Dann fängt er an zu zeichnen.

»Moderne Kunst?«, kommentiere ich.

»Das hier ist ein Baum. Er ist vom Sturm abgeknickt.«

»Okay, mit sehr viel Fantasie kann man das erahnen …«

»Ich bin ja auch kein Maler. Also, pass auf: Der Baum ist in einer Höhe von drei Metern abgebrochen. Die Spitze des abgebrochenen Teils berührt den Waldboden genau sechs Meter vom Stamm entfernt.«

»Blöd für den Baum.«

Nick ignoriert meine Bemerkung, die natürlich nicht das Geringste mit Mathe zu tun hat und nur von meinem unausweichlichen Versagen ablenken soll. Mag sein, dass er es im Laufe dieses Nachmittags geschafft hat, mir den blöden Satz des Pythagoras ziemlich einleuchtend zu erklären, was ich schon für ein **mittleres Weltwunder** halte. Ich weiß jetzt sogar, was eine Kathete ist und was ein Hypotenusenquadrat. Aber diese Sache mit dem abgeknickten Baum …

»Wie lautet da überhaupt die Frage?«

»Sie lautet: Wie hoch war der Baum, bevor er abgebrochen ist«, verkündet Nick und verschränkt zufrieden die Arme vor seiner Brust.

Ich runzele die Stirn. Eigentlich wollte ich mich ja gar nicht erst auf irgendwelche Textaufgaben einlassen, aber ...»Da muss man also nur das Stück, das noch steht, und das abgebrochene Stück addieren«, überlege ich laut. »Klingt fast zu einfach.«

»Ist auch einfach. Aber vielleicht nicht ganz so einfach, wie du denkst.«

»Okay. Der Stamm ist noch drei Meter hoch. Und der abgeknickte Teil sechs Meter. Also drei plus sechs – neun Meter.«

Nick starrt mich an, als hätte ich gerade behauptet, ich könne fliegen. Okay, das war dann wohl falsch. Ich weiche seinem Blick aus und schaue mir stattdessen seine Zeichnung noch mal genauer an.

»Nee, halt – sechs Meter vom Stamm entfernt berührt die Spitze den Boden, aber das abgebrochene Stück muss ja länger sein, wegen der Diagonale«, murmele ich.

»Das ist ein stinknormales Dreieck«, hilft mir Nick auf die Sprünge. »Und obwohl ich etwas schief gezeichnet habe, soll zwischen Waldboden und Stamm ein rechter Winkel sein. Was bedeutet, dass ...«

»... dass das abgebrochene Stück die Hypotenuse ist!«, rufe ich triumphierend.

»Bingo!«, grinst Nick. »Und deren Länge rechnest du mithilfe der bekannten Formel aus.«

Mein Stift fliegt übers Papier. Endlich ist mir klar, was dieses blöde $a^2 + b^2 = c^2$ soll. Das ist ja wirklich total logisch. So, nur noch schnell die Wurzel ziehen, und schon hab ich das Ergebnis: »Der Stamm ist drei Meter hoch, das abgebrochene Stück rund sechs Meter siebzig lang, also war das ursprünglich mal ein Neun-Meter-siebzig-Baum. Stimmt's?«

»Hundert Punkte«, bestätigt Nick. »High five!« Wir klatschen uns ab, als hätte ich gerade ein Tor geschossen.

Anschließend trinken wir noch eine Apfelsaftschorle, um den Sieg meines Hirns über die Mathematik zu feiern, dann gebe ich ihm sein Geld. Zehn Euro, wie vereinbart.

Am liebsten würde ich Nick ab sofort regelmäßig als Nachhilfelehrer engagieren. Er hat so wahnsinnig viel Geduld, und vor allem hat er es mit seiner ruhigen, sachlichen Art geschafft, mir den Stoff so zu erklären, dass ich ihn problemlos kapiere. Sogar Aufgaben, bei denen ich bisher nur Bahnhof verstanden habe, erscheinen mir auf einmal kinderleicht!

»Schade, dass ich nicht mehr Taschengeld bekomme«, sage ich. »Sonst würde ich dich auf Dauer engagieren.«

»Zahlen deine Eltern das nicht?«, wundert er sich.

»Nö, die dürfen auch nichts davon wissen. Falls du ihnen nachher beim Rausgehen begegnest: Wir haben bloß Tangoschritte geübt, okay?«

»Wie du meinst.« Nick wirkt ein bisschen irritiert.

»Also, wenn du nicht weißt, was du mal beruflich machen sollst, kann ich dir nur empfehlen, Lehrer zu werden. Du hast da echt ein Riesentalent! Oder natürlich Fußballprofi. Gute Torhüter werden ja auch immer gebraucht.«

»Damit hab ich aufgehört«, erwidert Nick. »Viermal Training pro Woche, das war einfach zu viel. Ich musste mich also entscheiden zwischen Fußball und Leichtathletik, und was soll ich sagen: Der Zehnkampf hat gewonnen.«

Jetzt bin ich es, die ihn anstarrt, als wäre er ein Außerirdischer. »Du bist nicht mehr im Team?«

Das ist ja nicht zu fassen! Wie kann jemand wie Nick, der so erfolgreich ist und von vielen im Verein als bester Torhüter seit Jahren bezeichnet wurde, einfach so die Sportart wechseln?

»Leichtathletik macht mir eben mehr Spaß«, sagt er.

»Ich kann mir nicht vorstellen, dass mir irgendeine Sportart jemals mehr Spaß machen könnte als Fußball«, sage ich. »Lauftraining mache ich auch nur, um Kondition aufzubauen.«

»Und warum tanzt du? Etwa um deine Beweglichkeit zu verbessern?«

Ich schneide eine Grimasse. »Nein, das ist bloß so ein Deal mit meinen Eltern. Sie wollen eine Tussi aus mir machen und zwingen mich zu diesem Kurs. Wenn ich Nein gesagt hätte, wäre es mit dem Fußballspielen vorbei gewesen.«

»Aaaach, so schlimm ist das doch nicht«, meint Nick. »Mir macht das Tanzen Spaß. Vor allem der Jive.«

Ich muss zugeben, dass der Jive ganz nett ist. »Aber auf diesen Ball habe ich echt keine Lust. Dafür brauche ich dringend noch eine Ausrede.« Ich verdrehe die Augen. »Oder kannst du dir das etwa vorstellen? Ich in einem langen Kleid mit Hochsteckfrisur und Lipgloss …«

Nick grinst mich breit an. »Das kann ich mir sogar sehr gut vorstellen.«

Ich versetze ihm einen Boxhieb, und er reibt sich den Oberarm, so als täte er schrecklich weh. Was für ein Schauspieler.

»Aaaauatsch! Du bist ja brutal! Ich glaube, da überlege ich mir die Sache lieber noch mal.«

»Welche Sache?«

Nicks Bernsteinaugen blitzen. »Na ja, dich zu fragen, ob du mit mir zum Abschlussball gehst.«

Angstgegner

Normalerweise liebe ich es, samstags bis kurz vor dem Mittagessen im Bett zu bleiben. Manchmal schlafe ich wirklich so lang, oft döse ich einfach noch vor mich hin, chatte via Smartphone mit Freunden oder lese ein bisschen.

Dass ich heute schon um Viertel nach sieben unter der Dusche stehe, ist also eine echte Ausnahme. Aber es gibt ja auch einen guten Grund dafür: nämlich ein Auswärtsspiel. Und wir treffen uns schon um halb zehn. Die Busfahrt dauert eine knappe Stunde, danach haben wir noch neunzig Minuten zum Umziehen und Warmmachen. Anpfiff ist um Punkt zwölf.

Die anderen sitzen schon beim Frühstück, als ich aufkreuze. Ich bin die einzige Langschläferin in der Familie.

»Heute kein Joghurt?«, fragt Mama ganz erstaunt, als ich mir eine Riesenschüssel Müsli zubereite.

»Vor dem Sport braucht der Körper Kohlenhydrate«, erkläre ich und fange an, diese Megaportion zu vertilgen.

»Ich dachte, du sitzt bloß auf der Bank«, kommentiert Konstantin überflüssigerweise.

»Hey, und *ich dachte*, du interessierst dich nicht für Fußball?«, kontere ich. »Dann lass es auch dabei und spar dir deine unqualifizierten Beiträge.«

Okay, das war fies. Aber vor wichtigen Spielen bin ich nun mal extrem nervös, und wer mir dann in die Quere kommt, muss mit Verbalattacken rechnen. Das sollte mein Brüderchen eigentlich wissen.

»Aber Franziska, nicht in diesem Ton! Und schon gar nicht mit vollem Mund«, tadelt Mama. Wäre ich doch bloß bis kurz vor der Abfahrt im Bett geblieben!

»Lass sie doch – das ist doch bloß Lampenfieber«, meint Konstantin. Sehr cool, dass er mich trotz des nicht sehr netten Angriffs in Schutz nimmt. Ich bedanke mich mit einem kumpelhaften Schulterklopfer, was er mit einem etwas gequälten Grinsen erduldet. Ich frage mich, warum meine Eltern ihn nicht zwingen, Wrestler zu werden – als Bedingung, um weiterhin Klarinette spielen zu dürfen. Das wäre doch nur fair.

»Und hör auf, deinen Bruder zu schlagen. Sonst ist Fußball heute für dich gestrichen.«

Oh nein, das kann sie nicht bringen. »Hey, das war bloß ein freundschaftlicher Klaps!«, verteidige ich mich.

Konstantin nickt heftig. Sehr loyal, das muss man ihm lassen. Spontan strahle ich ihn an und frage, ob er Lust hat, mitzukommen. »Im Bus ist noch genug Platz für ein paar Fans. Wenn du willst, reserviere ich einen für dich.«

Sein entsetztes Gesicht sagt alles, und der Moment der geschwisterlichen Verbundenheit ist vorüber.

Ich bin als Dritte am Treffpunkt. Vor mir sind nur Svea, die Torfrau, und Rose McArthur, die Trainerin, da.

Rose nimmt mich beiseite. »Dein Trainingseifer ist vorbildlich, und deine Leistungen haben mich wirklich überzeugt. Aber ich kann keine Stammspielerin auf die Bank setzen, das verstehst du doch sicher. Jedenfalls nicht von Anfang an – und vor allem nicht gegen unseren Angstgegner.«

Ich hätte eh nicht damit gerechnet, heute spielen zu dürfen, und bin ganz erstaunt, dass Rose das überhaupt erwähnt.

»Schon klar«, sage ich. »Mein Platz ist vorerst auf der Bank.«

»Na ja«, überlegt sie. »Vielleicht bringe ich dich gegen Ende noch als Joker. Je nach Spielstand und Gesamtsituation.«

Wow, das hätte ich überhaupt nicht zu hoffen gewagt.

»Cool«, antworte ich und versuche, mir meine spontane Begeisterung nicht anhören zu lassen.

Diese Begeisterung wird ohnehin kurz darauf gedämpft. Der Bus ist gerade losgefahren, als sich Nora, die vor Svea und mir sitzt, zu uns umdreht und zischt: »Mach dir bloß nicht zu viele Hoffnungen. Um dich einzuwechseln, müsste Rose erst einmal *mich* vom Platz nehmen. Und so blöd kann sie ja wohl kaum sein.«

Ich spare mir eine Antwort.

Svea schüttelt bloß den Kopf, und als Nora sich wieder ihrer Sitznachbarin May zuwendet, zeigt sie ihr einen Vogel. Eine Geste, die mich zum Kichern bringt, auch wenn sie die eigentliche Adressatin nicht erreicht.

Für den Rest der Fahrt schweige ich. Svea versucht zwar, ein Gespräch in Gang zu bringen, was ich total nett finde, aber ich tue so, als würde ich schlafen. Ich lehne meinen Kopf gegen das Fenster und ignoriere, dass mein Schädel bei jedem Schlagloch gegen die Scheibe knallt.

Kein Wunder, dass der FSC Havelland als unser Angstgegner gilt. Die Spielerinnen sehen alle mindestens fünf Jahre älter und zwei Meter größer aus als wir! Der Wahnsinn ... Ob sie wohl täglich im Kraftraum trainieren und sich ausschließlich von Eiweißshakes ernähren? Diese Muskeln sind echt **überirdisch ...**

Beim Aufwärmtraining versuchen wir, die Gegnerinnen zu ignorieren, aber die Wahrheit ist: Wir werfen andauernd total verängstigte Blicke in die andere Spielfeldhälfte, was leider bewirkt, dass wir von Minute zu Minute nervöser werden. Ich bin fast froh, dass ich mich gleich auf die Ersatzbank verkrümeln kann und mich nicht von diesen Riesinnen überrennen lassen muss. Als wir uns vor dem Spiel im Kreis aufstellen und die Coachin uns darauf einschwört, alles zu geben, brülle ich unseren Schlachtruf besonders laut.

Dann ziehe ich meinen Trainingsanzug wieder über,

um nicht auszukühlen, und setze mich neben Eileen, die Ersatztorfrau, auf die Bank.

Wir haben Anstoß. Aber schon ein paar Sekunden später erobert eine der Riesinnen den Ball und schickt ihn mit einem unfassbar platzierten Pass nach vorne. Zum Glück steht die Stürmerin der Havelländerinnen einen Hauch im Abseits, und der Pfiff des Schiris rettet uns.

Svea schickt den Ball wieder in die gegnerische Hälfte, und diesmal schafft es unser Team, ihn mindestens eine halbe Minute in den eigenen Reihen zu halten, bevor eine der Muskelfrauen ihn uns wieder abjagt.

Dann haben unsere Mädels sich zum Glück halbwegs gefangen. Der übertriebene Respekt vor den Gegnerinnen ist vergessen. Auf einmal gelingen uns ein paar richtig gute Angriffe. Nur leider enden sie schon an der Strafraumgrenze und führen nicht einmal zum Versuch eines Abschlusses.

»Immerhin steht unsere Abwehr gut«, sagt Eileen, die das Ganze natürlich aus Torhüterinnen-Perspektive betrachtet und sich vor Aufregung gerade die Nägel abkaut.

»Mit einem Null-zu-null könnten wir zufrieden sein«, erwidere ich. »Aber vielleicht gelingt uns ja ein Konter und ein **Lucky Punch**?«

Kaum habe ich das ausgesprochen, glückt Lilian und Yasmina ein Eins-a-Doppelpass. So schnell, dass es den Gegnerinnen fast schwindelig wird, steht Yasmina vorm Tor und muss nichts weiter tun, als den Ball an der Schlussfrau vorbei hineinzukicken.

»Toooooor!«, jubeln Eileen und ich, und sogar Rose McArthur macht vor Freude einen Luftsprung.

Die Gegnerinnen scheinen am Boden zerstört zu sein. Sie haben in der ganzen Saison noch nie zurückgelegen – ein Gefühl, das sie nicht gewohnt sind und erst einmal verarbeiten müssen. Unser Team dagegen ist obenauf. Von der Seite aus feuern wir die Mädels so laut an, dass wir morgen garantiert heiser sind, aber egal.

Das nächste Tor folgt schon fünf Minuten später – ein Freistoßtreffer von Janne. Jetzt sind die Muskelfrauen vom FSC Havelland endgültig durch den Wind. Total kopflos stolpern sie über den Platz, verlieren ständig den Ball, motzen sich gegenseitig an und bekommen keinen einzigen vernünftigen Spielzug mehr hin.

Unser Team dagegen macht das Spiel des Jahres! Irgendwie gelingt einfach alles. Das Drei-zu-null von Linda ist ein spektakulärer Fallrückzieher, und dass Nora kurz vor dem Schlusspfiff noch den Vier-zu-null-Siegtreffer schießt, macht den Triumph perfekt!

Die Havelländerinnen sind schon längst in der Kabine verschwunden, als wir noch wie die Wahnsinnigen über den Platz hüpfen und feiern. Alle sind rundum happy, und sogar Nora fällt mir strahlend um den Hals, so als hätte es die kleine Auseinandersetzung vorhin im Bus nie gegeben.

Irgendwann macht Rose dem Ganzen ein Ende, indem sie uns eine Runde Hamburger in Aussicht stellt.

Eine Viertelstunde später sind alle geduscht und umgezogen und sitzen mit knurrenden Mägen im Bus. Am nächsten Burgerladen halten wir an, und Rose gibt am Drive-in eine Megabestellung auf. Während wir auf die Burger warten, stimmt Yasmina *We are the Champions* an, und natürlich singe ich lauthals mit.

Doch ein bisschen komme ich mir dabei wie eine Hochstaplerin vor. Von wegen *We are the Champions* … Eigentlich sind ja nur die anderen Champions. Ich dagegen bin bloß Zuschauerin. Ach, ich kann es kaum erwarten, endlich so richtig dazuzugehören! Ich weiß, vorhin habe ich zur Coachin gesagt, dass ich so bald noch gar nicht mit einem Einsatz rechne und mit meinem Platz auf der Ersatzbank vollauf zufrieden bin.

Aber wenn ich ehrlich bin, stimmt das nicht. Im tiefsten Inneren bin ich enttäuscht darüber, dass Rose mich nun doch nicht eingewechselt hat. Denn ich will spielen! Und zeigen, was ich draufhabe. Ich will fester Teil des Teams werden und nicht mehr nur die Neue sein, die noch auf ihre erste Einwechslung wartet!

Als wir in Köpenick ankommen, ist meine Stimmung im Keller. Die anderen wollen noch im Vereinsheim zusammensitzen, Eistee trinken und ein bisschen weiterfeiern, aber das tu ich mir echt nicht an.

»Sorry, ich muss dringend noch Hausaufgaben machen«, verabschiede ich mich und radele davon.

Blöderweise ist das nicht einmal eine dumme Ausrede, sondern die reine Wahrheit. Ich habe tatsächlich noch Berge von Schulkram zu erledigen. Vokabeln lernen, für den Test in Geschichte üben, ein Bio-Referat vorbereiten …

Oh Mann, ich könnte heulen. In dieser miesen Stimmung kann ich mich wirklich nicht dazu durchringen, fleißig zu sein. Spontan biege ich nicht in unsere Einfahrt ein, sondern fahre ein paar Häuser weiter und lehne mein Rad dort an den weiß lackierten Holzzaun.

Hoffentlich ist Selma zu Hause! Wenn es jemanden gibt, der mich jetzt aufmuntern kann, dann sie.

»Huhu!«, flötet sie da auch schon und winkt mir von ihrem Baumhaus aus zu. »Hast du auch Lust auf Blaubeermuffins und selbst gemachte Limonade?«

Ich wusste doch, dass es mir hier gleich besser geht!

Doppelpass

Hey, seit wann ist Karneval Anfang Oktober? Diesmal hat sich Viktoria Mertens mit ihrem Outfit selbst übertroffen: Sie trägt ein bauchfreies Kleid mit schwarzem Glitzeroberteil und einem Volantrock in Knallorange, der vorne fast mini ist und hinten bis zu den Waden reicht. Ihr Zuckerwattehaar ist mit künstlichen Blüten in allen erdenklichen Rottönen geschmückt.

»Ein Pfau ist gar nichts im Vergleich«, flüstert Jill mir zu, und wir prusten beide los. Zum Glück geht unser Kicheranfall im allgemeinen Begrüßungsgeplapper unter, sonst hätten wir uns bestimmt einen tadelnden Blick der strengen Tanzlehrerin eingehandelt.

»Das ist ihr Paso-Doble-Outfit«, sagt Jills Freund Levin, der den Kurs ja nicht zum ersten Mal macht, mit Grabesstimme und verdreht theatralisch die Augen. Okay – das scheint nicht gerade sein Lieblingstanz zu sein, schlussfolgere ich messerscharf.

»Sei nicht so eine Diva, Bruderherz«, grinst Henriette ihn an, und erst in diesem Moment wird mir klar, wen sie neulich beim Händewaschen mit »großer Bruder« gemeint hat. Sie ist also Levins Schwester, und der ist mit ihrer BFF zusammen. Wie cool ist das denn? Die vier sind ja echte Glückspilze. Ich wünschte, Konstantin wäre nicht **so ein Lauch** und vielleicht ein paar Jahre älter – dann wäre er einfach perfekt für Selma. Aber daran ist natürlich nicht im Entferntesten zu denken. Eher würde sich Selma in einen Pinguin verlieben als in einen Klarinette spielenden Nerd!

»Ich bin keine Diva, ich weiß bloß, was gleich auf uns zukommt«, unkt Levin.

»Meine Damen und Herren«, dröhnt es in diesem Moment durch die Lautsprecher, »herzlich willkommen zur heutigen Tanzstunde, bei der sich alles um meinen persönlichen Lieblingstanz dreht: den Paso Doble. Damit Sie einen ersten Eindruck von diesem wenig bekannten Tanz bekommen, habe ich heute meinen Turniertanzpartner Francesco eingeladen.«

Ein drahtiger, schwarzhaariger Mann in einem ziemlich engen Anzug tritt zu ihr und deutet eine knappe Verbeugung an.

»Beim Paso Doble handelt es sich um die tänzerische Interpretation eines spanischen Stierkampfes. Dabei übernimmt der Herr die Rolle des Matadors, während die Dame seine Capa darstellt – also das rote Tuch. Behalten Sie das bitte immer im Kopf. Und jetzt: Musik ab!«

Also sorry – einen Tanz, der einen Stierkampf darstellt, kann ich nicht ernst nehmen! Ich muss mir echt das Lachen verkneifen, so albern kommt mir dieser Francesco als Möchtegern-Torero vor. Und die Mertens als rotes Tuch? Ja, im übertragenen Sinne passt das perfekt, denn für mich persönlich war dieser Kurs lange Zeit tatsächlich ein rotes Tuch. Inzwischen habe ich mich daran gewöhnt und versuche, das Beste draus zu machen.

Im Moment ist es das Beste, mit Jill und Henriette über dieses alberne Gestampfe, Getrampel und Armgefuchtel abzulästern …

»Oh, jetzt erhebt der Matador die Arme zum finalen Todesstoß«, kommentiert Jill, als wäre sie eine Sportmoderatorin.

»Find ich überhaupt nicht witzig«, erwidert Henriette streng. »Der Stierkampf ist brutal, blutig, gefährlich und Tierquälerei pur. Pfui! So eine barbarische Tradition auch noch mit einem Tanz zu feiern, find ich das Allerletzte!«, schimpft sie. Und eigentlich hat sie ja auch recht. Nur ist ja hier und jetzt gerade kein Stier in akuter Gefahr, und auch der Torero muss nicht befürchten, von irgendwelchen Hörnern aufgespießt zu werden. Höchstens, dass ihm Viktoria Mertens mit ihren klappernden Absätzen auf die Füße tritt. Was natürlich nicht passiert, denn die beiden sind ein perfekt aufeinander eingespieltes Team, wie sie da herumwirbeln und dabei übertrieben streng aus der Wäsche gucken …

»Anders als sonst üben wir heute nicht mit wechselnden Partnern, sondern in festen Zweierteams«, verkündet die Mertens, als ihre Vorführung beendet ist. »Wer sich also schon für den Abschlussball verabredet hat, möge sich bitte zusammentun. Alle anderen suchen sich bitte für heute eine Tanzpartnerin.«

»Tsss, das ist ja mal wieder typisch – die Jungs dürfen entscheiden«, meint Henriette kopfschüttelnd. »Was bin ich froh, dass ich sowieso mit Jacob tanze, sonst wäre ich womöglich irgendeinem Typ ausgeliefert, den ich nicht ausstehen kann. Pass nur auf, dass du nicht so einen ab-kriegst, Franzi!«

»Keine Sorge«, sage ich, »dank dir hab ich schon einen Abschlussballpartner.«

»Dank mir?«

Da entdeckt sie Nick, der sich zu uns durch die Menge schlängelt und mich dabei breit angrinst.

»Hey, wie find ich das denn?«

Na, hoffentlich gut – immerhin ist Nick ihr Exfreund, und wer weiß, vielleicht gehört sie ja zu denjenigen, die auch über eine Trennung hinaus noch eifersüchtig sind? Aber so ein Typ scheint mir Henriette nicht zu sein.

»Nick ist ein ganz Lieber«, sagt sie gut gelaunt. »Ich bin froh, wenn ihr euch gut versteht.«

Das glaube ich ihr sofort, denn sie wirkt ehrlich erfreut. So, wie sie mich anlächelt, scheint sie allerdings zu den-ken, dass zwischen uns mehr wäre als nur ein bisschen Mathe und eine Verabredung zum Abschlussball. Ich will das schnell aufklären, doch da steht Nick schon vor mir, imitiert Francescos gockelhafte Verbeugung und säuselt: »Señorita, darf ich bitten?«

»*Mille grazie*«, erwidere ich lachend.

»Hey, das ist Italienisch. Auf Spanisch heißt es *muchas gracias*«, korrigiert er mich.

»Wow, Nachhilfe in Sprachen während der Tanzstunde – und da behaupte noch einer, Jungs seien nicht multitaskingfähig.«

»Ha, im Gegenteil – wir sind extrem multitaskingfähig. Ich kann übrigens gleichzeitig noch atmen!«

»Und womöglich sogar verdauen?«

»Eine meiner leichtesten Übungen. Was dagegen etwas schwieriger ist: denken.«

»Worüber denkst du denn nach?«

»Na, zum Beispiel darüber, ob du nachher noch mitgehst auf einen Kaffee.«

Ehrlich gesagt mag ich gar keinen Kaffee, nicht einmal mit ganz viel Milch und Zucker drin.

Nick deutet meinen Gesichtsausdruck offenbar völlig falsch. »Sorry, ich wollte dich nicht überfallen«, entschuldigt er sich.

»Ach, Unsinn, so leicht bin ich nicht zu schocken«, beruhige ich ihn. »Wenn ich statt des Kaffees auch eine Cola trinken darf, bin ich auf jeden Fall dabei!«

»Von wegen **es ist noch viel Zeit**«, faucht mich Marla in der Pause an, als wir uns in der Warteschlange vor der Toilette treffen.

Huch, warum ist die denn so aggro drauf? Was habe ich ihr denn getan? »Keine Ahnung, was du meinst.«

Sie funkelt mich wütend an. »Wolltest du nicht **in Ruhe abwarten,** bis sich die Abschlussballpartner-Frage von selbst klärt? Komisch nur, dass du jetzt zu den Ersten gehörst, die sich einen Partner gesichert haben. Und nicht bloß irgendeinen, sondern einen der besten Tänzer des ganzen Kurses, der zufällig auch noch total süß aussieht!«

Man könnte fast glauben, Marla wäre neidisch. Dabei hatte sie doch neulich noch einen ganz anderen Favoriten! Hat sie nicht von einem gewissen Mika geschwärmt? Oder war das Sophia?

»Das war Zufall«, winke ich ab.

Natürlich gibt sich Marla damit nicht zufrieden. »Zufall? Dass abgesehen von den Pärchen, die ohnehin zusammen sind, so wie Jacob und Henriette oder Jill und Levin, ausgerechnet **ihr beiden** das erste Tanzpaar seid, das sich schon gefunden hat? Das soll Zufall sein? Ehrlich, Franzi, das kannst du vielleicht deiner Großmutter erzählen. Solche Zufälle **gibt es nicht.**«

»Also hör mal«, verteidige ich mich, »Nick hat mir Nachhilfe in Mathe gegeben, und irgendwie kam das Gespräch auf den Tanzkurs. Und auf einmal waren wir für den Abschlussball verabredet – das ist irgendwie ganz von selbst passiert.«

Marla wirkt ganz und gar nicht überzeugt. »Ganz von selbst? Na ja, du wirst da schon ein bisschen nachgeholfen haben. Mit einem tiefen, langen Blick in seine blauen Augen – «

»Ähm – *ich* habe blaue Augen. Nick hat eher braune, wobei sie eigentlich viel heller sind als üblich, fast bernsteinfarben.«

»Aha!«, triumphiert Marla. »Das ist der Beweis.«

Der Beweis **wofür**, bitte? Dass ich nicht farbenblind bin?

Zum Glück wird endlich die nächste Kabine frei, und Marla verschwindet darin.

»Der Paso Doble ist definitiv der bescheuertste Tanz, der je erfunden wurde«, verkündet Henriette.

»Da hast du ausnahmsweise recht«, stimmt Levin zu.

»Du findest also auch, dass der Stierkampf verboten gehört?«

»Ähm …«

»Ich jedenfalls finde es würdelos, ein Stück Stoff darstellen zu sollen.« Henriette wirkt in diesem Moment ganz und gar nicht wie ein Stück Stoff.

»Also, ich wäre lieber das rote Tuch als der Matador«, sagt Jacob, »denn als Stierkämpfer könntest du mich vermutlich nicht leiden.«

»Ich würde dich hassen!« Lachend gibt Henriette ihm einen Kuss auf den Mund.

Dann wendet sie sich Nick und mir zu: »Ihr beiden habt ausgesehen, als hättet ihr beim Tanzen ziemlich viel Spaß gehabt.«

»Erwischt!« Ich muss grinsen. »Na ja, man könnte vielleicht sagen: Je seltsamer der Tanz, desto besser kann man sich darüber lustig machen.«

Wir sitzen zu sechst um einen großen runden Tisch herum und trinken Cola, Limonade beziehungsweise Milchkaffee. Es ist toll, auf einmal dazuzugehören, immerhin sind alle anderen zwei Jahre älter als ich und seit Jahren ein eingeschworenes Team. Trotzdem behandeln sie mich wie eine von ihnen.

Bin ich aber nicht.

Genau wie neulich beim Fußball fühle ich mich auf einmal wie das fünfte Rad am Wagen. Am liebsten würde ich eine Ausrede vorschieben und mich bei nächster Gelegenheit aus dem Staub machen. Aber das könnte Nick womöglich falsch verstehen. Vielleicht glaubt er dann, ich wäre sauer, weil ich lieber mit ihm an einem Zweiertisch säße. Was bedeuten würde, dass ich seinen Vorschlag, nach dem Tanzen noch etwas trinken zu gehen, als **Date** missverstanden hätte. Was natürlich **kein bisschen** der Fall ist!

Also bleibe ich. Lache und rede mit den anderen, als wäre alles ganz wundervoll. Und spüre die missgünstigen Blicke der anderen auf meinem Rücken. Olivia, Sophia, Anne und Marla tuscheln garantiert über Nick und mich, nur weil wir uns zwischen einer Textaufgabe und der Zehn-Euro-Übergabe ganz nebenbei für einen albernen Ball verabredet haben.

Oh Mann, manchmal wünsche ich, das Leben wäre

wie ein Fußballspiel. Dann hätte man wenigstens klare Regeln und im Notfall einen Schiri, der dafür sorgt, dass sie eingehalten werden.

Glückstreffer

Dieser Dienstag startet so mies, dass ich mich am liebsten gleich wieder im Bett verkriechen würde. Es fängt schon damit an, dass mein Wecker nicht klingelt. Offenbar habe ich ein gewaltiges Gewitter verpennt, das einen kurzen Stromausfall verursacht hat. Irgendwann erwache ich von Mamas Geklopfe an der Tür und springe unter die Dusche, wo ich gleich Shampoo ins Auge kriege. Es brennt so stark, dass ich schon fast fürchte, zu erblinden. Als ich endlich fertig angezogen bin und mich verabschieden will, wünscht mir Papa viel Glück beim Bio-Referat – an das ich überhaupt nicht mehr gedacht habe. Schnell flitze ich zurück in mein Zimmer und stopfe mir die Notizen dafür in die Tasche, dann radele ich los. Ohne Frühstück, dafür war keine Zeit mehr.

Unterwegs treffe ich Selma, die – wie immer – geradezu blendend gelaunt ist. **Widerlich.**

» Hast du Lust auf eine Waffel?«, fragt sie, als wir nebeneinander herradeln. »Frisch gebacken, mit Äpfeln drin und etwas Zimt. Meine Mum hat das Rezept selbst erfunden, und ich sage dir, wenn sie eine Apfel-Zimt-Waffel-to-go-Ladenkette aufmachen würde, wären wir im Nullkommanix steinreich! Wir könnten sie *AppleWaffle* nennen, und unser Slogan wäre …«

»Okay, schon überzeugt«, unterbreche ich sie lachend, »ich würde liebend gern so eine Wunderwaffel probieren.«

»Ha! Ich wusste, dass ich es schaffe, deine miese Laune zu vertreiben.«

»Du hast mich also ausgetrickst? Womöglich gibt es gar keine Apfelwaffel!«, rufe ich mit gespielter Empörung.

»Diese unfassbar köstliche Waffel existiert sehr wohl, aber wenn du daran zweifelst, esse ich sie eben selbst«, erwidert Selma fröhlich.

Wir schließen unsere Räder ab, und während ich meine Tasche umhänge, kramt Selma eine Box hervor, die sie mir überreicht. »**Tadaaaa!** Lass sie dir schmecken.«

Hmmm, diese Waffel sieht fast zu schön aus, um reinzubeißen. Aber nur fast … »Oh meim Gopp, iff die lecker!« Ich bin total begeistert. Dass Selmas Mutter eine begnadete Köchin und Bäckerin ist, weiß ich schon ewig. Aber mit diesen Waffeln hat sie sich einfach selbst übertroffen!

»Achtung, wie klingt das: *AppleWaffle – für das leckerste Lächeln des Tages*«, schlägt Selma vor, als wir den Schulhof überqueren.

»Oder wie wäre es mit: *AppleWaffle, der Wahnsinn mit*

Apfel und Zimt«, erwidere ich. »Nein, halt, dieser Slogan ist noch besser: *Apple Waffle, Glücksfutter pur!*«

»Ich hab noch einen«, sagt Selma, bevor wir den Klassenraum betreten: »*Apple Waffle – das perfekte Doping für Ihr Bio-Referat.*«

Ich bin richtig gut drauf, Referat hin oder her.

Irgendwie wurstele ich mich durch meine nicht so ganz perfekt strukturierten Unterlagen und schaffe es, den Eindruck zu erwecken, als hätte ich voll die Ahnung vom menschlichen Blutkreislauf. Obwohl ich nicht alle wichtigen Aspekte erwähnt habe, bekomme ich eine Drei plus. »Immerhin hast du frei vorgetragen und die Materie auch ohne PowerPoint-Präsentation recht anschaulich dargestellt«, meint Frau Ritter.

Ist ja ein Ding. Es gab tatsächlich Pluspunkte für mein improvisiertes Gefasel? Gut zu wissen. Fleiß wird wohl total überschätzt. Wie es aussieht, reicht es völlig aus, so zu tun, als wäre man fleißig gewesen. Jedenfalls, wenn man mit einer guten Drei zufrieden ist.

»Das habe ich alles der Wunderwaffel zu verdanken«, flüstere ich Selma zu, als wir uns wieder setzen. Hochzufrieden und extrem erleichtert.

Nach der großen Pause haben wir Mathe, und als Dr. Winckler mit den Klassenarbeitsheften unter dem Arm auftaucht, sinkt mir das Herz in die Hose – *Apple-Waffles* hin oder her.

Wie immer geht er erst die Aufgaben samt den korrekten Lösungen ausführlich durch. Selma schreibt fleißig mit und hakt ab, was sie glaubt, richtig gelöst zu haben. Ich bin viel zu aufgeregt und kann mich überhaupt nicht konzentrieren. Habe ich überhaupt etwas richtig?

Dann teilt Dr. Winckler endlich die Hefte aus – mit unbewegter Miene, wie immer. Sein Pokerface ist legendär, man kann ihm einfach nicht ansehen, was er denkt.

Als er zu meinem Platz kommt, huscht der Anflug eines kleinen fiesen Grinsens über sein Gesicht. Ich kann mich natürlich auch getäuscht haben, denn es hat nur maximal eine Zehntelsekunde gedauert und war bestimmt eine optische Täuschung. Dennoch bin ich hochgradig beunruhigt. So ein Zucken um die Mundwinkel des Mathelehrers *kann* nichts Gutes bedeuten!

»Willst du nicht nachschauen, wie du abgeschnitten hast?«, fragt Selma. »Ich hab übrigens eine Vier plus. Na ja, könnte schlimmer sein.«

Ja, genau. Es könnte eine Fünf sein, wie ich sie neulich im Test hatte. Oder eine Sechs. Oje, was, wenn es diesmal tatsächlich eine Sechs ist?

»Ich kann nicht«, jammere ich. »Sieh du für mich nach.«

»Okay!« Selma fackelt nicht lange und schnappt sich mein Heft, klappt es auf und steckt ihre Nase rein.

»Nun sag schon, bevor ich noch durchdrehe!«

Selma lässt das Heft sinken. Der Schock steht ihr ins Gesicht geschrieben. Sie bekommt keinen Ton heraus.

»Oh Gott, so schlimm?« Ich schlucke. Wortlos schiebt mir Selma mein Heft hin. Ich presse die Hände vor die Augen und spähe vorsichtig durch meine Finger.

Mist, ich kann das Ergebnis nicht richtig erkennen. Eine Sechs scheint es jedenfalls nicht zu sein. Vielleicht eine Fünf? Vier und Drei kommen ebenfalls nicht infrage. Es muss also eine Fünf sein. Enttäuscht nehme ich die Hände weg und sehe dem Grauen ins Gesicht. Nur um völlig irritiert die Augen zuzukneifen und danach noch einmal hinzuschauen.

»Du siehst ganz richtig«, sagt Dr. Winckler, der auf einmal direkt neben mir steht und eine seltsame Grimasse schneidet. Es dauert ein paar Sekunden, bis ich erkenne, dass es ein Lächeln sein soll. »Ich bin sehr stolz auf dich. Du hast dich angestrengt, und es hat sich ausgezahlt. Herzlichen Glückwunsch zu deiner Zwei minus. Übrigens die drittbeste aller Arbeiten!«

Okay – selbst wenn mir meine Augen einen Streich gespielt hätten: Wie hoch ist die Wahrscheinlichkeit, dass zwei Sinnesorgane gleichzeitig versagen?

»Ich … äh … habe so etwas wie **eine Zwei minus** verstanden«, stammele ich. »Eigentlich funktionieren meine Ohren ziemlich gut, aber das kann doch nicht – «

»Kann sehr wohl«, unterbricht mich Selma strahlend. »Du bist eine echte Granate! Die drittbeste Arbeit, das ist ja vielleicht krass!«

Mein Jubelgeheul wird nur vom Klingelzeichen übertönt.

Zum Glück haben wir in der nächsten Stunde Musik, was bedeutet, dass ich mich nicht besonders konzentrieren muss, sondern mich ganz meinem Glücksgefühl widmen kann. Der Musiklehrer spielt uns ein Stück vor, das nach einem mir unbekannten Fluss namens *Moldau* benannt ist. Wir sollen ganz genau lauschen und darauf achten, welche Bilder dabei in unseren Köpfen entstehen.

In meinem Kopf entsteht gerade nur ein einziges Bild: nämlich das einer überdimensional großen Zwei!

Ich kann es noch immer nicht fassen, dass ich das geschafft habe. Das habe ich alles Nick zu verdanken – wenn er meinen Knoten im Hirn nicht so gründlich gelöst hätte, dann wäre ich bei dieser Arbeit hundertprozentig baden gegangen.

Da fällt mir ein: Ich muss Nick unbedingt von meinem – unserem – Erfolg berichten! Vorsichtig angele ich mein Handy aus der Hosentasche und schreibe ihm unter der Bank eine Nachricht:

Hab eine 2 in Mathe. Bin ein Genie! Haha.
Na ja – eigentlich bist du das Genie. Danke dir!
F.

Uuuuuund abschicken.

»Franziska Kutscher, ist das etwa ein Handy?«

Mist – Herr Meyerbrink, unser spaßbefreiter Musiklehrer, hat mich erwischt! Und er ist gnadenlos, was Handyvergehen betrifft. Es hat gar keinen Sinn, sich rauszureden.

»Ja, ist es. Tut mir sehr leid, kommt nicht mehr vor«, murmele ich schuldbewusst.

»Natürlich kommt es nicht mehr vor, denn ohne Handy geht das ja schlecht«, erwidert er kühl. »Gib es mir.«

»Aber …«

»Kein Aber. Du kannst es dir bei Schulschluss im Sekretariat abholen.«

Grmpf! Das ist jetzt schon das zweite Mal. Wenn es noch einmal passiert, werden meine Eltern informiert, und die sind womöglich imstande, mir das Handy eine ganze Woche lang wegzunehmen. **Nicht auszudenken!**

Schlimm genug, dass ich für den Rest des Schultags offline sein werde. Und das ausgerechnet an einem Tag, an dem wir acht Schulstunden haben! Hoffentlich ist das Sekretariat um drei überhaupt noch besetzt.

Ja, ist es. **Zum Glück!**

Ich bekomme anstandslos mein Handy zurück und würde auch am liebsten gleich meine Nachrichten checken. Allerdings wäre das nicht besonders clever – schließlich sind hier alle Flure lehrerverseucht.

Auf dem Weg nach unten begegnet mir auch prompt der Meyerbrink, dessen verkniffene Miene mich irgendwie an eine Bulldogge erinnert. Ich möchte wetten, dass er nur darauf wartet, mir das Handy erneut abzunehmen.

Kaum bin ich draußen, fängt es an zu regnen. **Verflixt,** ich sollte mich lieber beeilen, nach Hause zu kommen!

Der Platzregen dauert gerade mal fünf Minuten, ist

aber so stark, dass ich schon nach einer völlig durchnässt bin. Ich muss mich komplett umziehen, und kaum bin ich damit fertig, fällt mir ein, dass ich gleich Fußballtraining habe. Draußen ist schon wieder herrliches Herbstwetter, die Regenwolken haben sich so schnell verzogen, wie sie gekommen sind. Also raus aus der Jeans, rein in die Jogginghose. Die nassen Sachen stecke ich in den Trockner, und erst in allerletzter Sekunde denke ich daran, dass mein Handy noch in der Hosentasche steckt. Ich fische es heraus, werfe es in meine Sporttasche, schalte den Trockner ein und mache mich auf den Weg zum Vereinsgelände des FFC Spreepark.

In der Umkleidekabine ist schon ziemlich viel Betrieb, als ich eintrudele. Eilig wechsele ich die Schuhe und tausche meinen Pulli gegen ein Trainingsshirt.

Die anderen reden ganz aufgeregt durcheinander, vermutlich geht es mal wieder um den unerwarteten Triumph gegen den FSC Havelland. Aus irgendeinem Grund fällt mehrmals das Wort *Scout*, bei dem mir nur mein Grundschulranzen einfällt und meine kurze, wenig ruhmreiche Karriere bei den Pfadfinderinnen. Hoffentlich plant Rose McArthur kein Outdoor-Wochenende mit uns. Man weiß ja nie – und bescheuerte Teambildungsmaßnahmen sind im Moment schwer angesagt.

Da fällt mein Blick auf mein Handy. Noch ein paar Minuten bis Trainingsbeginn – das reicht gerade, um endlich meine Nachrichten zu lesen. Ob Nick wohl geantwortet hat?

Ja, hat er. Und zwar genau **fünf Mal!**

11:43 Uhr:
Wahnsinn! Das hast du dir verdient, Siska! Ich
bin stolz auf dich! Nick

12:02 Uhr:
Was mir gerade einfällt: Heute läuft im Union-
Kino »Fluch der Karibik 5« – hast du Lust?

13:24 Uhr:
Falls du »Fluch der Karibik« nicht magst,
können wir uns auch gern einen anderen Film
anschauen. »Pitch Perfekt 3« vielleicht?

14:51 Uhr:
Siska???

15:13 Uhr:
Okay, du hast offenbar keine Zeit. Oder keine
Lust. Wir sehen uns am Freitag im Tanzkurs ...
Gruß Nick

Mist, Mist, Mist!

Ich muss ihm unbedingt erklären, was passiert ist. Sonst
hält er mich womöglich für eine Megazicke!

»Los, Mädchen, Handys weg und auf den Platz mit
euch!«, ruft Rose und klatscht auffordernd in die Hände.

Blödes Timing. Aber okay – das Training geht vor. Dann muss Nick eben noch ein bisschen länger auf meine Antwort warten.

»Du strahlst aber«, meint Svea. »Bist du etwa verknallt?«

»Pah! Ich doch nicht. Ich freu mich bloß auf das Training.«

Ein bisschen freue ich mich natürlich auch über Nicks Einladung ins Kino, selbst wenn heute leider nichts daraus geworden ist.

Und darüber, dass er mich weder Franz noch Franziska oder Franzi nennt, so wie alle anderen.

Sondern **Siska**.

Das gefällt mir, irgendwie.

Bewährungschance

Es ging neulich in der Kabine übrigens nicht um irgendwelche Schulranzen und schon gar nicht um Pfadfinder, sondern um unser nächstes Heimspiel, das an diesem Samstag ansteht. Das wird mir klar, als Rose nach dem Training ihre übliche Ansprache hält – wie immer eine Mischung aus Motivation, Taktik und Terminplanung. Diesmal gibt sie auch die Aufstellung für unser Spiel gegen den FFV Müggelsee bekannt – ich sitze mal wieder auf der Bank – und erwähnt nebenbei, dass möglicherweise interessante Zuschauer da sein werden.

»Strengt euch also ganz besonders an, Girls!«, sagt sie augenzwinkernd, woraufhin das gesamte Team in Jubelgeschrei ausbricht. Genauer gesagt: Alle außer mir jubeln.

»Was ist los mit dir, Franzi?«, erkundigt sich Theresa.

»Ich glaub, ich steh auf dem Schlauch. Was soll denn das für ein hoher Besuch sein? So wie hier alle hysterisch kreischen, kann es sich ja wohl nur um irgendeinen Teeniestar handeln.«

»Klar, Justin Bieber kommt«, erklärt sie todernst, nur um gleich darauf laut loszukichern. Ich starre sie verständnislos an. »Das war gar kein Scherz?«, fragt Theresa. Ich schüttele den Kopf. »Okay, dann kläre ich dich mal auf …«

Und dann erfahre ich endlich, was es mit dieser Scout-Sache auf sich hat: Es kommt ein *Talentscout* von einem großen Verein und beobachtet uns während des Matchs, um vielleicht eine künftige Profispielerin zu entdecken. So eine wie Mandy Islacker, meine Lieblingsspielerin aus der Nationalmannschaft, die in der Bundesliga beim 1. FFC Frankfurt spielt und eine der besten Stürmerinnen ist, die ich je gesehen habe.

Na, kein Wunder, dass die anderen so nervös sind!

Aber für mich besteht kein Grund dazu. Ich werde eh bloß wieder von der Bank aus zusehen.

Genau da sitze ich nun. Auf der Ersatzbank, diesmal zwischen Pia, die leicht angeschlagen ist, und Svea, die in der zweiten Halbzeit zum Einsatz kommen soll. Rose will beiden Torhüterinnen die Chance geben, zu zeigen, was sie draufhaben.

Unser Team startet richtig gut. In den ersten Spielminuten sind wir absolut dominant, während die Gegnerinnen vom FFV Müggelsee immer unkonzentrierter werden. Fast ein Wunder, dass es nach einer Viertelstunde nicht schon mindestens drei zu null für uns steht. Wir hatten mehrere Riesenchancen, aber der Ball ging entweder an die Latte, den Pfosten, knapp vorbei oder wurde gehalten. Die gegnerische Torfrau hat schon jede Menge Glanzparaden gezeigt, und wenn hier tatsächlich irgendwo ein Talentscout unter den Zuschauern sein sollte, hat er sich ihren Namen garantiert schon notiert.

Svea, Pia und ich sind ganz kribbelig – es ist einfach furchtbar, so untätig zusehen zu müssen und nicht helfen zu dürfen! Immerhin können wir die anderen anfeuern, und genau das tun wir. »Spreepark vor, Ball ins Tor«, brüllen wir und machen dazu eine Mini-La-Ola.

Leider helfen weder der Sturmlauf der Elf auf dem Feld noch unsere Anfeuerungsrufe, denn wie aus dem Nichts heraus erobert der FFC Müggelsee den Ball, kontert … und trifft. Wir liegen null zu eins hinten. **Na großartig!** Und das nach so einem furiosen Start!

»Das kommt davon, wenn man seine Chancen nicht nutzt«, mosert Pia vor sich hin.

»Das war doch pures Pech«, erwidere ich. »Bestimmt gleichen wir im Nullkommanix aus!«

»Na, du bist ja eine Optimistin«, meint Pia schulterzuckend, die offenbar alles andere als das ist.

»Hör nicht auf die alte Miesmuschel«, sagt Svea. »Sieh doch, da kommt sie schon, unsere nächste Riesenchance!«

Und tatsächlich: In diesem Moment startet Nora voll durch. Janne passt den Ball quer über den Platz. Ihr Schuss ist perfekt auf Noras Laufweg abgestimmt und landet direkt vor ihren Füßen. Jetzt kann sie, wie ich sie kenne, nichts mehr stoppen, es sei denn …

»Pass auf!«, brüllt Svea, die zu ahnen scheint, was gleich passiert. Doch es ist zu spät: Eine der Gegenspielerinnen kommt von hinten angerauscht und trifft mit dem gestreckten Bein Noras Knie. Die schreit auf, stürzt und wälzt sich mit schmerzverzerrtem Gesicht auf dem Boden.

»Boah, wie brutal!«, rufe ich entsetzt. Allein die Vorstellung, wie weh das garantiert tut, lässt mich erschauern.

»Schauspielerin«, mosern einige unserer Gegnerinnen, aber ihre Trainerin bringt sie mit einem gepflegten Anschiss zum Schweigen. Dass das ein grobes Foul war, hat auch sie eindeutig erkannt. Deshalb erhebt sie auch keinen Einspruch, als der Schiri die Rote Karte zückt und die Abwehrspielerin vom Platz muss.

»Gerade mal eine halbe Stunde gespielt, und die anderen sind nur noch zu zehnt«, sagt Svea. »Jetzt können wir sie knacken.«

Aber erst einmal muss sich zeigen, ob Nora überhaupt weiterspielen kann. Sie liegt noch immer am Boden und wird von Rose mit Eisspray behandelt. Einer der Väter, die dabei sind, um uns anzufeuern, untersucht Nora so fachmännisch, dass er wohl nur Arzt sein kann.

Nach einer Weile schüttelt er den Kopf, und Rose winkt in unsere Richtung. Was sie ruft, kann ich nicht genau verstehen, aber Pia ist sich sicher, »Franzi soll rein« von ihren Lippen abgelesen zu haben.

Ich glaub's ja nicht! Rose wechselt mich ein!

Wie in Trance schäle ich mich aus dem Trainingsanzug

und trabe los. Das ist jetzt **die Chance** für mich, wird mir klar. Aber ich kann mich nicht darüber freuen. Nora sieht totenbleich aus, wie sie da auf der Trage liegt. Es geht ihr so mies, dass sie mir nicht einmal eine fiese Bemerkung oder einen neidischen Blick hinterherschicken kann.

Doch mir bleibt nicht mehr viel Zeit, über Noras Verletzung nachzudenken oder meine Gefühle zu analysieren, denn das Spiel geht weiter. Und zwar mit einem Freistoß für uns – aus höchstens zwanzig Metern Entfernung.

Wer wird schießen? Ich bin gespannt. Die anderen bilden schon die Mauer, aber von unserem Team steht noch niemand an der Linie, die der Schiri mit Spray gezogen hat.

Rose McArthur winkt Janne, Lilian und mich an die Linie. Vermutlich will sie Anweisungen geben, wer sich wo platzieren soll.

»Traust du dir das zu, Franzi?«

Ähm – meint die etwa mich?

»Im Training waren deine Freistöße bombastisch!«, fährt sie fort. Offenbar meint sie tatsächlich **mich**! »Und da Nora nicht zur Verfügung steht, musst du wohl ins kalte Wasser springen. Was ist – bist du bereit?«

Ich schlucke. Langsam nicke ich. »Ja, klar«, stoße ich hervor. Dabei ist gerade überhaupt nichts klar. Mein erster Ballkontakt bei meinem ersten Einsatz für den FFC Spreepark soll also ein Freistoß sein? Geht's nicht eine Nummer kleiner? Was, wenn ich den verhaue?

»Janne, du stellst dich neben Franzi, um den Gegner

zu verwirren. Nimm Anlauf, als wolltest du den Freistoß
ausführen, und lauf am Ball vorbei. Gleich danach startet Franzi – so, wie wir das geübt haben.«

Im Training hat das perfekt funktioniert! Aber jetzt,
wo es um etwas geht, ist das natürlich eine ganz andere
Situation.

»Lilian, du stellst dich an den Fünfer, um Franzis
Schuss mit dem Kopf zu verlängern oder einen eventu-
ellen Abpraller zu verwandeln. Okay?« Wir nicken alle
drei, als wären wir diese Batterie-Testhäschen aus der
Fernsehwerbung.

»Na dann: Auf geht's!«, spornt Rose uns an, und wir
laufen eilig zurück aufs Spielfeld. Janne und ich positio-
nieren uns beide kurz hinter dem Ball. Der Schiri pfeift,
und Janne sprintet los, hüpft über den Ball und touchiert
ihn minimal, sodass er langsam in meine Richtung rollt.
Dadurch stimmt mein eigener Anlauf nicht mehr optimal, und ich treffe den Ball nicht exakt so, wie ich es vor-
gehabt habe.

Mist! Den bekommt Lilian nie im Leben …

Enttäuscht verberge ich das Gesicht in den Händen
und wende mich ab. Ich hatte eine tolle Chance, hier mit
einem Knaller zu debütieren, und habe sie vertan.

Der Jubel der Gegnerinnen verhöhnt mich. Dann
werde ich auch noch umgerannt.

»Hey! Was soll denn das?«, japse ich. Hat das Team
des FFV Müggelsee denn gar nichts aus der Roten Karte
gelernt? Wenn sie so weitermachen, fliegt gleich die

nächste Spielerin vom Platz – nämlich die, unter der ich gerade liege und die mich fast erdrückt. **Mannomann,** sie scheint von Sekunde zu Sekunde schwerer zu werden.

Endlich spüre ich, wie der Druck nachlässt. Ich will aufstehen, doch das ist gar nicht nötig, denn jemand zieht mich hoch und umarmt mich. Es dauert eine ganze Weile, bis ich kapiere, was los ist. Nämlich dass das komplette Team mich umringt. Dass hier niemand eine Rote Karte bekommt, denn es war vorhin keine Gegnerin, die mich umgerannt hat, sondern Eileen, unsere Torfrau. Und dass es auch keinen Grund gibt, enttäuscht zu sein, denn mein Freistoß ist zwar nicht dort gelandet, wo ich ihn hinhaben wollte – nämlich auf Lilians Kopf –, sondern dort, wo ihn alle noch viel lieber sehen: nämlich im Tor.

»Ich … habe direkt verwandelt?«, frage ich ungläubig.

»Du bist der Knaller!«, bestätigt May begeistert. »Erster Ballkontakt im neuen Team – und schon ein Tor.«

»Und was für eins!«, strahlt Lilian. »Das war ein echter Kunstschuss.«

»Aber – «

»Nix aber! Jetzt machen wir sie fertig!«

Genau das tun wir. Nach allen Regeln der Kunst. Fünf Minuten später trifft Lilian zum Zwei-zu-eins, und kaum haben wir das Spiel gedreht, sind wir alle vollkommen euphorisch. Vor allem, nachdem wir in der Pause erfahren haben, dass Noras Verletzung nicht so ernst ist, wie es zunächst aussah. Kein Bänderriss, nur eine Überdehnung.

In der zweiten Halbzeit läuft es unglaublich gut, auch

für mich – ich habe total viele Ballkontakte, und mir gelingen ein paar richtig gute Pässe. Einer ist sogar eine Vorlage für Yasmina, die den Ball volley annimmt und ein geniales Tor schießt.

Der FFV Müggelsee schafft zwar noch einen Anschlusstreffer, aber das reicht nicht, um das Spiel erneut zu drehen. Wir liegen uns alle in den Armen, als der Schiedsrichter nach siebzig Minuten endlich abpfeift. Drei zu zwei – ein knappes Ergebnis, aber ein Sieg! Ich strahle am allermeisten, denn ich weiß: Ab heute gehöre ich endlich richtig dazu.

Beim Einschlafen geht mir die Freistoßszene immer wieder im Kopf herum, wie eine Dauerschleife in Slow Motion. Das war bislang mein allerschönster Fußballmoment! Ich wünschte, Nick wäre dabei gewesen und hätte zugesehen.

Plötzlich bin ich wieder hellwach: **Nick!** Verflixt, ich habe ganz vergessen, ihm zu antworten. Immerhin wollte er mit mir ins Kino gehen. Und ich habe nicht einmal reagiert. An seiner Stelle wäre ich stinksauer. Mist! Ich hab's vergeigt.

Teamgeist

Trotz der guten Mathearbeit kann ich
es kaum erwarten, dass endlich die Herbstferien anfangen. Zwei Wochen ausschlafen, faulenzen und … Na ja,
viel mehr fällt mir spontan leider nicht ein. Denn Selma
besucht ihre Cousine in Hamburg, der FFC Spreepark
macht Trainingspause, Spiele stehen auch keine an, und
nach drei Tagen bin ich so weit, dass ich selbst den Tanzkurs vermisse. Oh Mann, wie tief kann man sinken?
  Wenn ich ehrlich sein soll, ist es langweilig, jeden Tag
bis mittags im Bett liegen zu bleiben. Vor allem, wenn
die innere Uhr einen spätestens um halb acht aufweckt.
Echt nervig!
  Noch nerviger ist es, dass meine Pädagogen-Eltern natürlich auch Ferien haben und sich in den Kopf gesetzt
haben, jetzt das Haus zu renovieren. Was leider mit reich-
lich Chaos und Lärm verbunden ist. Ständig brummt der
Staubsauger, die Bohrmaschine oder – noch schlimmer –
die Bodenschleifmaschine.

Wenn dann gleichzeitig noch mein Nerd-Bruder beschließt, Klarinette zu üben, ist an gemütliches Chillen einfach nicht mehr zu denken!

Ich gewöhne mir also an, vormittags joggen zu gehen und dabei *Moves like Jagger* von Maroon 5 in Dauerschleife zu hören. Genau der richtige Rhythmus für mein Lauftempo. Meine Kondition wird von Tag zu Tag besser – wenn es so weitergeht, muss ich bald einen neuen, schnelleren Song aussuchen, der mir den Rhythmus vorgibt.

Nach dem Mittagessen verkrümele ich mich meistens in mein Zimmer, setze mir Kopfhörer auf und zwinge mich, ein paar Seiten der Englischlektüre zu lesen, die wir bis Ferienende durchgearbeitet haben sollen. Leider ist *The Picture of Dorian Gray* so gar nicht mein Ding. Keine Ahnung, was sich Oscar Wilde dabei gedacht hat! Ich wette, dieser Vorschlag hat nur deshalb die meisten Stimmen bekommen, weil einige »Dorian Gray« mit »Christian Grey« verwechselt haben. Oder mit *Grey's Anatomy*. Ich war übrigens von Anfang an für *Hunger Games*, aber auf mich hört ja niemand.

Immer wenn ich zehn Seiten geschafft habe, belohne ich mich, indem ich ein bisschen durchs Netz surfe, ein paar Folgen von *Switched at Birth* streame, Musik höre und so ziemlich jedes Stichwort googele, das mir halbwegs interessant erscheint. Zum Beispiel **Geschwisterunähnlichkeit**. Warum ist mein Bruder so vollkommen anders drauf als ich? Das habe ich mich schon sehr oft gefragt. Wir sind dermaßen verschieden, dass man fast glauben könnte, er sei gar nicht mit mir verwandt. Als ich eine Erklärung dafür suche, stoße ich wieder einmal auf das Blog von Jette V. Unter dem Titel »Die Sache mit den Geschwistern« schreibt sie über die verrücktesten Familienkonstellationen. Ich erfahre, dass es offenbar eine große Rolle spielt, ob man als ältestes, mittleres oder jüngstes Kind in eine Familie hineingeboren wird. Besonders interessant finde ich den Test am Ende ihres Beitrags. Spontan beschließe ich, ihn auszufüllen.

TEIL 1: DU UND DEINE FAMILIE	
	Deine Antworten:
Geschlecht:	weiblich
Alter	14
Anzahl der Geschwister:	1
Anzahl der Geschwister, die älter sind:	0
Anzahl der Geschwister, die jünger sind:	1
Anzahl der Geschwister, die exakt gleich alt sind:	0
Lebst du mit allen Geschwistern in einem Haushalt?	ja
Lebst du mit beiden leiblichen Eltern in einem Haushalt?	ja
Hast du Halbgeschwister, Stiefgeschwister, bereits erwachsene Geschwister?	nein

Okay, so weit scheint bei uns alles normal zu sein. Vater, Mutter, Tochter, Sohn. Wir sind eine typische Durchschnittsfamilie. Keine Patchworksituation, keine Stiefgeschwister, nicht mal Halbgeschwister oder Adoptivkinder. Rein äußerlich gibt es bei uns auch eine große Familienähnlichkeit. Dass ich irgendwie total anders ticke als alle anderen, steht auf einem anderen Blatt.

Na gut, jetzt geht's ans Eingemachte. Ich atme tief durch, gelobe mir selbst, gnadenlos ehrlich zu antworten, und lege los:

TEIL 2: WAS DENKST DU ÜBER DEINE FAMILIE?

Bitte bewerte auf einer Skala von 0 bis 5, wobei 0 bedeutet »niemals«, 1 »sehr selten«, 2 »selten«, 3 »ab und zu«, 4 »regelmäßig« und 5 »fast täglich«.

	Deine Antworten:
Wie oft wünschst du dir, mehr Geschwister zu haben?	selten
Wie oft wünschst du dir, weniger Geschwister zu haben?	ab und zu
Wie oft gehen dir deine Geschwister auf die Nerven?	täglich
Wie oft streitest du mit deinen Geschwistern?	selten
Wenn ihr euch streitet, über welche Themen?	
• Die Aufmerksamkeit der Eltern?	nein
• Die Spielsachen?	nein
• Darüber, wer recht hat?	nein
• Die Aufgaben im Haushalt?	nein

• Das Taschengeld?	nein
• Darüber, wer etwas bestimmen darf?	nein
• Das Zimmer bzw. die Größe des Zimmers?	nein
• Das, was die einen dürfen und die anderen (noch) nicht?	nein
• Sonstiges, nämlich:	nichts Wichtiges
Wie oft lachst du mit deinen Geschwistern?	ab und zu
Wie oft unternimmst du etwas mit deinen Geschwistern?	selten
Wie oft hast du das Gefühl, dass deine Eltern deine Geschwister bevorzugen?	~~selten~~ nie

Ähm. Ich bin verwirrt. Konstantin ist zwar nicht gerade mein Seelenverwandter, aber so selten, wie wir zusammen etwas unternehmen, so selten streiten wir uns auch. Das war mir bis eben gar nicht klar. Erst dank Jettes Frage ist es mir bewusst geworden. Wenn ich ganz ehrlich bin, kommt so ein Streit nur alle paar Monate mal vor. Oft sind es dann dämliche Wortgefechte um Nichtigkeiten, so wie neulich, als ich vor dem Auswärtsspiel so nervös war und mich von Konstantins Besserwisserei provozieren ließ.

Was mich allerdings am meisten verblüfft, ist meine Antwort auf die letzte Frage. Natürlich rede ich mir manchmal ein, dass Mama und Papa den kleinen Nerd-Bruder lieber mögen als mich. Das tue ich meistens, wenn ich sauer darüber bin, dass sie so wenig Verständnis für mich haben. Wenn sie mal wieder über eine nicht ganz so gute Note den Kopf schütteln oder behaupten, Fußball sei unweiblich.

Aber tief in mir drin weiß ich: Das stimmt so nicht. Im Grunde sind sie nämlich absolut fair.

Dass er Klarinette spielt, gefällt ihnen zwar besser, als dass ich Fußball spiele, und sein Zeugnis ist definitiv mehr nach ihrem Geschmack als meines. Aber heißt das, dass sie ihn bevorzugen?

Eigentlich nicht.

Nein, wirklich nicht.

Wer hätte das gedacht?

Mir qualmt der Schädel vom vielen Grübeln – und von den unerwarteten Erkenntnissen. Aber aufhören kommt nicht infrage. Wenn ich etwas anfange, ziehe ich es auch durch!

Also, auf geht's zum letzten Fragebogen.

TEIL 3: DU IN DEINER FAMILIE	Deine Antworten:
Falls du Geschwister hast: Kannst du dir vorstellen, ein Einzelkind zu sein?	vielleicht
Falls du Einzelkind bist: Kannst du dir vorstellen, Geschwister zu haben?	–
Wenn du ältere Geschwister hast: Findest du, dass sie zu viele Privilegien haben?	–
Wenn du jüngere Geschwister hast: Findest du, dass sie zu sehr verwöhnt werden?	nein

Mit wem würdest du für einen Tag tauschen – und warum?	~~mit Selma~~ ~~mit Konstantin~~ ~~mit Jill~~ ~~mit Henriette~~ mit Nick

Wäre ich gern ein Einzelkind? **Schwierige Frage.** Ich habe es mir manchmal gewünscht. Nicht, weil mich mein Bruder so nervt, sondern weil ich neugierig bin und einfach mal gern wüsste, wie es ist, wenn man im Mittelpunkt steht.

Wobei – vielleicht wäre das gar nicht so toll? Es sei denn, man hat so eine coole Mutter wie Jill. Ich konnte es kaum fassen, als Henriette neulich erzählte, dass Jill und ihre Mutter richtige **Freundinnen** wären. Meine Oldies dagegen sind meilenweit davon entfernt, so lässig zu sein. Wenn ich ihr einziges Kind wäre, würden sich ihre Hoffnungen und Wünsche ganz auf mich konzentrieren. Sie würden dann erwarten, dass ich immer gute Noten schreibe und womöglich sogar ein **Instrument** lerne! Und ich wette, Schlagzeug würden sie nicht gelten lassen …

Tja, wenn ich es mir recht überlege, kann ich froh sein, dass **der kleine Streber** diesen Part übernommen hat!

Wenn ich also unbedingt für einen Tag mit jemandem tauschen müsste, dann mit jemandem, der richtig cool ist. Am besten einem Jungen, denn wie Mädchen ticken, weiß ich ja selber. Natürlich müsste er sympathisch sein, denn selbst wenn es nur für einen Tag wäre, lege ich keinen gesteigerten Wert darauf, als **Kotzbrocken** durch die Welt zu laufen. Ja, ich glaube, ich würde am liebsten mit Nick tauschen. Dann könnte ich wenigstens herausfinden, ob er mich nach der Sache mit dem Nicht-Kinobesuch überhaupt noch leiden kann.

Fast schade, dass so etwas nur in der Fantasie funktioniert.

Spielverlagerung

Am letzten Samstag in den Herbst-ferien geht mir das Renovierungschaos dermaßen auf den Wecker, dass ich mich ins Einkaufszentrum flüchte. Genauer gesagt: in den Sportladen mit der größten Auswahl an Fußballschuhen weit und breit. Meine sind schon ziemlich schäbig, außerdem fangen sie langsam an zu drücken. Ich brauche also dringend neue, aber nicht irgendwelche aus dem Sonderangebot, zu denen Mama mich immer überreden will, sondern **die besten**.

Okay, vermutlich wird das ein Wunschtraum bleiben, weil meine Oldies garantiert nicht so viel Kohle für etwas rausrücken werden, was sie eigentlich gar nicht unterstützen wollen. Aber es kann ja nicht schaden, sich zu informieren.

Und das tue ich – ganz ausführlich. Ich vergleiche Marken, Materialien, Macharten, schaue ganz genau auf die Verarbeitung und Stollen, teste Passform und Laufgefühl. »Fußballschuhe sollen eng sitzen, aber nicht zu eng, denn natürlich brauchen eure Füße Bewegungsfreiheit«, hat Rose McArthur gesagt. »Vor allen Dingen kommt es auf Laufsicherheit und Stützkraft an. Nur mit Schuhen, die richtig passen, habt ihr ein optimales Ballgefühl! Lasst euch nicht von tollen Designs blenden – ein schöner Schuh, der nicht sitzt, ist Mist.«

Rein optisch finde ich ohnehin alle Modelle total klasse. Deshalb bleibt mir wohl nichts anderes übrig, als alle nacheinander anzuprobieren.

Nach einer Dreiviertelstunde kann ich die Auswahl auf drei Kandidaten eingrenzen, fünf Minuten später habe ich mich entschieden: Meine Traumschuhe sind innen aus superweichem Leder und außen aus wasserdichtem Hightech-Material. Sie sehen total spacig aus und passen wie angegossen. Ich wette, mit diesen Fußballschuhen kann ich meine Passgenauigkeit um mindestens zehn Prozent steigern! Beziehungsweise: **könnte …**

Denn dass aus meinem Traum jemals Wirklichkeit wird, wage ich nicht einmal zu hoffen. Da müsste schon ein mittleres Weltwunder passieren! Zum Beispiel, dass Außerirdische die Erde erobern, meine Eltern einer gewaltigen Gehirnwäsche unterziehen und sie zu absoluten Fußballfans machen. Die Wahrscheinlichkeit, dass so etwas passiert, liegt leider bei null. Da ist ja selbst meine Chance auf eine Eins in Mathe größer – oder auf einen sensationellen Schatzfund.

»Franziska! Sag nur, du kaufst dir *solche* Schuhe!«, reißt mich Leonores Geflöte aus meinem Tagtraum. Die hat mir gerade noch gefehlt! Der blonde Rauschgoldengel aus unserer Klasse scheint nicht nur ein Mathegenie zu sein, sondern auch eine Ballerina – jedenfalls nach den Spitzentanzschuhen zu urteilen, die sie gerade zur Kasse trägt.

»Allemal besser als deine Killer-Schlappen, die aus gesunden Füßen verkrüppelte Quanten macht«, pariere ich und stelle die Fußballschuhe, die ich mir leider nicht leisten kann, zurück ins Regal. Dann mache ich mich hocherhobenen Hauptes aus dem Staub, bevor der völlig verblüfften Leonore eine angemessene Antwort einfällt.

Als ich das Sportgeschäft verlasse, rausche ich geradewegs in die nächste langhaarige Blondine rein. Haben die etwa alle zugleich Ausgang? Ich rechne schon damit, dass sie mich genervt anmotzt, aber stattdessen fällt sie mir um den Hals und begrüßt mich begeistert. Ich bin zu verwirrt, um zu kapieren, was los ist. Erst als sie mich loslässt, erkenne ich Jill.

»**Hej,** cool, dass ich dich treffe!«, ruft sie erfreut. »Ich hätte dich längst angerufen, aber Henriette und ich waren in Schweden und haben meine Großeltern besucht. Mensch, das war vielleicht toll! Warst du schon mal in Schweden?«

Ich schüttele stumm den Kopf – mehr Zeit für eine ausführliche Antwort bleibt mir nicht, denn Jill ist nicht zu stoppen.

»Da musst du unbedingt mal hin! Henriette fand es auch **fantastisk** – das heißt **fantastisch**. Hört man, oder?

Jedenfalls sind wir sechzehn geworden, während wir in Schweden waren.«

»Cool. Happy Birthday nachträglich!«

»Danke. Wusstest du eigentlich, dass wir am selben Tag geboren sind? Henriette und ich kennen uns von Geburt an und haben die erste Nacht außerhalb der mütterlichen Bäuche im selben Zimmer verbracht.«

»Krass«, staune ich.

»Allerdings. Und bisher haben wir auch jeden Geburtstag gemeinsam gefeiert. Aber diesmal war das ja keine richtige Party. Die wollen wir nachholen. Worauf ich hinauswill: Hast du an Halloween schon was vor?«

Damit hätte ich nun gar nicht gerechnet. Schließlich kenne ich die beiden im Grunde erst seit dem Tanzkurs. Dass sie mich zu ihrer Nachfeier einladen, haut mich regelrecht um.

»Sicher, dass du mich meinst?«, frage ich halb im Scherz.

Jill prustet los. »Du bist echt witzig. Aber klar, du stehst natürlich auf unserer Liste! Es kommen übrigens jede Menge Leute, die du kennst, auch Nick ist eingeladen.«

Ich bin froh und enttäuscht zugleich. Froh, weil ich Nick endlich mal wieder außerhalb der Tanzschule treffen werde. Und außerhalb der Schule, wo wir einander meistens nur von Weitem zunicken. Enttäuscht bin ich, weil ich bloß einer von vielen Gästen sein werde. Dann ist es gar nichts sooo Besonderes, eingeladen zu sein. Wobei – die Freude überwiegt.

»Sehr cool«, sage ich. »Was wünscht ihr euch denn? Kann ich was mitbringen zur Feier? Zum Beispiel einen Salat?«

»Lieb von dir, aber für die Fütterung der Raubtiere sorgen Lydia und Gunnar, also Henriettes Oma und ihr Freund. Die beiden heiraten übrigens demnächst und sind voll das süße Paar. Du wirst sie mögen!«

Richtig, ich erinnere mich daran, was Henriette über den Tanzkurs gesagt hat. Dass sie überhaupt nur daran teilnimmt, damit sie Brautjungfer bei der Hochzeit ihrer Oma sein darf.

»Oma Lydia ist extrem cool. Sie geht joggen, macht Yoga und hört Rockmusik aus den Siebzigern.«

Klingt abgefahren. So eine Oma würde ich wirklich gerne mal kennenlernen. Zumal ich selbst überhaupt keine Großeltern mehr habe und extrem uncoole Eltern.

»Ich freu mich!«, sage ich und will gerade noch einmal die Frage nach den Geburtstagswünschen wiederholen, als Jill mich an der Schulter packt und in den nächstbesten Laden schiebt. Es ist ausgerechnet eine Dessous-Boutique. Zuerst bin ich zu verblüfft, um mich zu wehren, doch als ich mich zwischen Spitzenhöschen, BHs und Seidenhemdchen wiederfinde, frage ich sie, ob sie noch alle Latten am Zaun hat.

»Was ist denn bloß in dich gefahren?«

Mit dem Zeigefinger vor den Lippen deutet sie an, dass sie jetzt nicht reden kann. Dann folge ich ihrem Blick durchs Schaufenster und entdecke keinen Geringeren als

Levin – Jills Boyfriend. Oder vielleicht ist er inzwischen ihr Ex?

»Alles okay zwischen euch?«, frage ich überflüssigerweise.

»Puh, er ist weg.« Jill atmet hörbar auf. Dann zuckt sie mit den Schultern. »Nö, in Ordnung ist gerade gar nichts. Ich bin stinksauer auf Levin und er auf mich. All das nur wegen einer saublöden Kleinigkeit. Mal wieder.«

Ich bin betroffen. Jill und Levin waren für mich bisher immer eine Art Traumpaar – genauso wie Henriette und Jacob.

Jill deutet meinen Gesichtsausdruck ganz richtig und winkt lachend ab: »Keine Sorge, wir raufen uns schon wieder zusammen. Ich hatte nur gerade keine Lust, Levin zu treffen. Erst einmal muss ich mich abregen, und er muss auch wieder runterkommen. Danach kommt die große Versöhnung.«

»Na, dann hoffe ich mal, dass diese Versöhnung noch vor eurer Party stattfindet«, sage ich und bin in diesem Moment sehr froh, dass ich **keinen Freund** habe, mit dem ich mich zoffen könnte und der mir eventuell meine Party verderben würde. Denn natürlich wird Levin an Halloween auch dabei sein – schließlich ist er nicht nur Jills On-off-Freund, sondern auch Henriettes Bruder. Blöde Situation für die beiden, schätze ich.

Wobei ich das Problem natürlich nur theoretisch beurteilen kann, nicht aus eigener Erfahrung. Denn ich kenne mich zwar ganz gut mit Jungs aus, aber nicht, wenn es um Beziehungskram geht. Eher um Spielverlagerungen und so.

»Und wie läuft's so zwischen dir und Nick?«, wechselt Jill urplötzlich das Thema, während wir zwischen den Dessous-Ständern hervorkriechen.

»Wie – was meinst du?«, stammele ich völlig verdattert.

»Na, immerhin seid ihr eines der ersten Abschlussballpärchen. Willst du mir etwa erzählen, dass das nichts zu bedeuten hat?«

Ähm – ich will gar nichts erzählen. Wieso sollte ich? Da *gibt* es nämlich überhaupt nichts zu erzählen! Zumal wir uns seit einer halben Ewigkeit nicht mehr getroffen haben. Nicht, seit er mich ins Kino eingeladen hat und ich es verpeilt habe, zu antworten. Ich wollte es ja nachholen, aber inzwischen ist so viel Zeit vergangen, und es wird von Tag zu Tag schwieriger, die richtigen Worte zu finden … Ich habe es einfach noch nicht geschafft.

»Wir sind bloß Freunde!« Hoffe ich jedenfalls.

»Wie auch immer«, meint Jill lässig, während wir den Laden verlassen. »Vielleicht auch besser so. Nick ist nicht unbedingt reif für eine Beziehung. Da kannst du Henriette fragen.«

Warum versetzen mir ihre Worte bloß einen Stich, wo ich doch überhaupt nicht verliebt in ihn bin?

Tribünenperspektive

Endlich sind die trostlosesten Herbstferien aller Zeiten vorbei, und es geht wieder los mit dem Training, dem Tanzen und – okay, auch mit der Schule, aber das nehme ich gern in Kauf. Alles ist besser als Langeweile.

Obwohl ich in den vergangenen beiden Wochen fast täglich joggen gegangen bin, hat mir das Training sehr gefehlt. Laufen ist so einsam! Und so eintönig. So ganz anders als Fußball. Da geht es um Technik, Spielzüge, Standardsituationen, Taktiken ... Meine Eltern werden wohl nie kapieren, wie anspruchsvoll dieser Sport ist. Im Gegenteil – sie finden es **stumpfsinnig,** immerzu einer *Kugel* hinterherzujagen. »Als wäre man ein einfältiger Hund, der glücklich ist, wenn er ein Bällchen apportieren darf«, hat Mama einmal naserümpfend gesagt. Ich war zu schockiert, um angemessen zu antworten. Es hätte eh keinen Zweck gehabt. Wer unser Spielgerät mit einem Hundebällchen vergleicht, wird den komplexen Spielaufbau eh **niemals** verstehen.

Beim letzten Training vor dem Wochenende gibt Rose die Aufstellung für das anstehende Heimspiel gegen den VFFB Treptow bekannt. Obwohl Nora schon wieder vorsichtig mittrainiert, ist sie nicht mit dabei – nicht einmal als Ersatzspielerin. Rose will, dass sie sich vernünftig auskuriert. »Sonst wird aus einer leichten Verletzung leicht ein chronisches Problem«, sagt sie, als Nora einen Flunsch zieht. »Keine Diskussion«, ergänzt sie, und Nora, die gerade anfangen will zu betteln, schließt ihren Mund wieder.

Was die Trainerin sagt, gilt.

Und sie sagt etwas, womit ich beim besten Willen nicht gerechnet hätte. Nämlich: »Franziska, du spielst diesmal von Anfang an. Deine Kondition hat sich offenbar enorm verbessert, sodass du die siebzig Minuten locker schaffst, sogar wenn du die ganze Zeit Vollgas gibst. Hast du während der Ferien trainiert?«

Alle Augen sind auf mich gerichtet. Urplötzlich kann ich nachvollziehen, wie sich ein Streber fühlt, wenn sein Aufsatz vor der ganzen Klasse gerühmt wird, während alle anderen zu faul waren, überhaupt einen zu schreiben.

Beschämt nicke ich. »Na ja, so ein bisschen, aus Langeweile«, gebe ich leise zu.

»Gut gemacht«, erwidert Rose McArthur und geht zum Glück nicht weiter darauf ein. *Oh Mann*, wenn sie mich jetzt noch als leuchtendes Beispiel für Fleiß und Trainingseifer gelobt hätte, wäre ich vor Scham im Erdboden versunken!

»Schleimerin«, raunt Nora mir zu und rempelt mich wie zufällig an, als wir in Richtung Kabine gehen.

»Hey«, rufe ich verdattert und bin kurz davor, ihr gehörig die Meinung zu sagen.

Doch dann legt mir Svea beruhigend den Arm um die Schultern. »Nora hatte bisher immer einen Stammplatz«, sagt sie. »Ist doch klar, dass sie sauer ist, ihn an **eine Neue** zu verlieren – denn das wirst du für sie bestimmt noch eine ganze Weile bleiben. Sie ist seit Jahren Star des Teams und hat Angst, dass sie diesen Status verlieren könnte. Außerdem ist sie total gefrustet, weil sie wegen dieser blöden Verletzung nicht spielen kann.«

So schnell, wie ich auf hundertachtzig war, so schnell rege ich mich auch wieder ab. »Kann ich gut verstehen«, muss ich zugeben. »Ich wäre an ihrer Stelle auch enttäuscht. Aber wenn sie auf jemanden sauer sein sollte, dann auf die Gegnerin, die sie neulich so übel gefoult hat – nicht auf mich. Immerhin sind wir im selben Team. Fußball ist schließlich ein Mannschaftssport.«

»Stimmt.« Svea nickt. »Aber das ist auch leicht gesagt, wenn man diejenige ist, die von Anfang an spielen darf – und nicht diejenige, die zuschauen muss.«

Woraufhin sich der Rest meines Ärgers in Luft auflöst.

Natürlich ist Nora am Samstag da, um uns anzufeuern. Nach dem Warmmachen springe ich über meinen Schatten und gehe auf sie zu. Sie ist so verblüfft, dass sie spontan meine ausgestreckte Hand ergreift und sie schüttelt.

»Peace?«, frage ich.

Sie starrt mich wortlos an, ohne meine Hand loszulassen.

»Ich will dir nichts wegnehmen, Nora, schon gar nicht deinen Stammplatz. Aber du bist verletzt. Und wenn ich gut spiele, dann **für** das Team, nicht **gegen** dich. Okay? Wenn es für das Team ist, dann ist es nämlich auch **für dich**.«

Ihre dunklen Augen werden immer größer. Vermutlich wäre sie weniger überrascht gewesen, wenn ich ihr einen persönlichen Krieg erklärt hätte, aber ich bin nicht hier, um Zoff anzufangen, sondern weil ich Fußball so liebe. Ich will auf keinen Fall eine Feindin im Team.

Schließlich nickt Nora. »Okay«, sagt sie fast tonlos. »Viel Glück.«

Glück können wir in diesem Spiel wirklich gebrauchen, denn unsere heutigen Gegnerinnen sind bärenstark. Ihre Abwehr ist kaum zu überwinden, ihre Konter sind schwindelerregend schnell, ihre Passsicherheit beängstigend gut.

Wie durch ein Wunder können wir ein Gegentor verhindern, aber vor lauter Verteidigung kommen wir kein einziges Mal selbst vors Tor, ja, nicht einmal in den gegnerischen Strafraum.

In der Halbzeitpause sind wir alle völlig durch den Wind.

»Warum sind die denn auf einmal so stark? Letzte Saison haben wir sie doch locker geschlagen«, spricht Lilian das aus, was alle denken.

»Seitdem sind zwei, drei Topspielerinnen von anderen Vereinen zum VFFB Treptow gewechselt«, erklärt Rose. »Ich wollte euch nicht unnötig nervös machen, also habe ich das vorher nicht erwähnt. Zumal ich gehofft habe, dass ein paar gute Einzelspielerinnen die Mannschaftsleistung nicht allzu sehr beeinflussen. Aber ich habe mich wohl geirrt. Ihr müsst alles geben, was ihr draufhabt!«

Und dann hält sie uns eine Motivationsrede, die sich gewaschen hat. Danach sind wir fast euphorisch und kehren siegesgewiss auf den Platz zurück. Bisher ist den Treptowerinnen kein Tor geglückt, und das soll auch so bleiben. Alles, was wir brauchen, ist eine Torchance, und die werden wir nutzen!

Ich strenge mich noch mehr an als in der ersten Halbzeit und jage den Gegnerinnen, so oft es geht, den Ball schon im Mittelfeld ab. Einmal bringe ich die Torjägerin vom VFFB Treptow mit einer Schrittfolge, die ich eigentlich vom Samba kenne, vollkommen aus dem Konzept.

»Hey, du kannst ja brasilianisch zaubern«, keucht Janne beeindruckt. Ich grinse und beschließe, diesen Trick noch öfter zu versuchen. Ein Wiegeschritt aus dem Tango, eine Drehung vom Rumba, ein Wechselschritt vom Cha-Cha-Cha, ein Kick ins Nichts wie beim Jive – damit gelingt es mir mühelos, das gegnerische Team zu verwirren. Einmal wird aus einem Pass von mir um ein Haar die Eins-zu-null-Führung. Leider erwischt May den Ball nicht optimal und verzieht, sodass er ein paar Zentimeter über die Latte geht.

Aber wir sind nah dran!

Kurz vor dem Abpfiff passiert es: Eine Treptowerin kontert und steht urplötzlich allein vor dem Tor. Unserer Keeperin Svea bleibt nur eins übrig, um das Gegentor zu verhindern: Sie stürmt los und rennt die Angreiferin über den Haufen.

Natürlich kommt, was kommen muss: ein Pfiff. Eine Rote Karte. Und ein Elfmeter.

Mit gesenktem Kopf geht Svea vom Platz. Schnell nimmt Rose auch Janne aus dem Spiel und wechselt an ihrer Stelle Eileen ein, unsere Ersatztorfrau. Wir drücken alle wie verrückt die Daumen, dass Eileen es schafft, den Elfer zu halten. Leider wählt sie die verkehrte Ecke, und dann ist der Ball im Netz. Wenige Sekunden später ertönt der Schlusspfiff. **Es ist vorbei.**

»Verdammt noch mal, wir hätten es schaffen können!«, schimpfe ich, als wir mit gesenkten Köpfen in Richtung Kabine trotten, und die anderen sind genauso enttäuscht.

Ich bleibe mindestens eine Viertelstunde unter der Dusche stehen und konzentriere mich auf das Rauschen des Wassers. Aus der Nachbarkabine sind Jubelgesänge zu hören. *We are the Champions* und der ganze Mist. Okay, im umgekehrten Fall hätten wir genauso gegrölt, und ich hätte den Song geliebt, aber jetzt gerade klingt er wie Hohn in meinen Ohren.

Die meisten sind schon weg. Ich verlasse als eine der Letzten das Clubhaus und steuere auf den Parkplatz zu, als mir Rose McArthur über den Weg läuft.

»Kann ich dich irgendwohin mitnehmen?«, fragt sie, während sie ihren schokoladenbraunen Geländewagen aufschließt.

»Danke, ich bin mit dem Fahrrad da«, sage ich.

Offenbar steht mir meine schlechte Laune ins Gesicht geschrieben, denn Rose lächelt mir aufmunternd zu. »Nimm dir die Niederlage nicht so zu Herzen. Natürlich ist Ehrgeiz beim Sport wichtig, aber man muss auch verlieren können. Das gehört dazu.«

»Ja, aber **soooo knapp** zu verlieren …«

»… ist besonders ärgerlich, ich weiß«, vollendet sie meinen Satz. »Aber man sollte sich davon nicht so runterziehen lassen. Vor allem du nicht – denn dazu besteht gar kein Grund. Du hast toll gefightet. Schade, dass dich der Scout heute nicht gesehen hat.«

Mit diesen Worten steigt sie in ihren Jeep ein, winkt mir noch kurz zu und braust dann davon.

Wie vom Donner gerührt bleibe ich auf dem Parkplatz stehen und starre ihr nach.

Das kann ja bloß eins heißen: Ich hab's vermasselt. Trotz des Tors.

Da hat man einmal im Leben die Chance, einen Scout zu beeindrucken, und ich versage! Stattdessen bin ich top in Form, wenn keiner zuschaut und wir obendrein auch noch verlieren. Na super!

Wütend auf mich selbst, trete ich in die Pedale. Aber warum beeile ich mich überhaupt so? Eigentlich habe ich gar keine Lust, jetzt schon heimzufahren. Spontan nehme ich einen anderen Weg.

Als ich das Stadion des FC Phönix Köpenick erreiche, wird gerade die zweite Halbzeit angepfiffen. Auf dem Platz steht die C-Jugend – **mein** altes Team. Ich stelle mein Rad ab und suche mir einen Platz ziemlich weit oben auf der Tribüne, von wo aus ich einen super Überblick habe.

Wie ich auf der Anzeigetafel ablesen kann, führen wir drei zu eins. Ich bin stolz auf die Jungs!

Auf meiner Position spielt Ben. Er macht seine Sache wirklich ziemlich gut. Nein, sogar **sehr gut,** das muss ich neidlos anerkennen.

Trotzdem fühle ich mich auf einmal irgendwie unbehaglich. Es ist ein komisches Gefühl, die Jungs zu beobachten und nicht mehr dazuzugehören. Nicht *wir* führen drei zu null, sondern *sie*. Und es ist auch nicht mehr **mein Team,** sondern mein **ehemaliges** Team. Zumal sie ja auch super ohne mich zurechtkommen.

Was mache ich überhaupt hier?

Auf einmal komme ich mir ziemlich dämlich vor. Irgendwie bin ich enttäuscht, ohne zu wissen, wovon.

Ich denke an Nora, die vorhin mit eisiger Miene zwischen den Zuschauern stand, als ich für sie auflief. Vermutlich hat sie sich ganz ähnlich gefühlt wie ich jetzt. Es ist nicht leicht, zu erkennen, dass man gar nicht so unersetzlich ist, wie man immer gedacht hat.

Noch vor dem Abpfiff setze ich mich wieder aufs Rad

und fahre nach Hause. Denn ich will nicht, dass mich einer der Jungs hier sieht.

Und überhaupt: War etwa jemals einer von ihnen bei einem Spiel des FFC Spreepark? Vermutlich kämen sie nicht im Traum auf die Idee. Vielleicht, weil sie Frauenfußball nicht ernst nehmen. Oder weil ich ihnen egal bin. Oder – und das ist am wahrscheinlichsten – weil sie nach vorn schauen statt zurück.

Und das sollte ich wohl auch tun.

Angetäuscht

Als ich neulich erfuhr, dass die nachgeholte Geburtstagsfeier in der Wohnung von Henriettes Oma stattfinden soll, habe ich mir Häkeldeckchen, Perserteppiche und eine rustikale Schrankwand vorgestellt – ganz bestimmt nicht **das hier**!

»Boah, genial!« Ich staune, als Henriette mir die Tür zu eben dieser Wohnung öffnet.

»Meinst du etwa mein Outfit oder die coolste Großmutterbehausung aller Zeiten?« Grinsend dreht sie sich um die eigene Achse, um ihr schwarzes Spitzenkleid zu präsentieren – ein perfektes Outfit für Halloween. Ich habe in Ermangelung geeigneter Kostüme einfach eine schwarze Jeans und mein Metallica-T-Shirt mit Totenkopf-Motiv angezogen.

»Ich meine natürlich beides«, erwidere ich. »Super Kleid. Und die Wohnung ist echt der **Oberhammer**!«

Was übrigens kein bisschen übertrieben ist! Allein schon die riesige orangefarbene Couch … und die

Buddha-Figuren erst! Ganz zu schweigen von der Hallo-
ween-Deko mit den künstlichen Spinnennetzen – das ist
ganz großes Kino.

Vor lauter Staunen vergesse ich um ein Haar, den beiden Gastgeberinnen ihre Geschenke zu überreichen.
Für Jill, deren Geschmack ich ganz gut einordnen kann,
weil er meinem ganz ähnlich ist, habe ich ein hübsches
T-Shirt ausgesucht. Zum Glück gefällt es ihr auch tatsächlich. Und für Henriette ein witziges Buch mit dem
Titel »What if?«, das wissenschaftliche Antworten auf
völlig absurde hypothetische Fragen gibt.

»Sehr cool!«, sagt Henriette, die sich ehrlich zu freuen
scheint.

»Das war ein Tipp in diesem Blog. Du weißt schon:
*Was ich wirklich wissen will – Jette V. berichtet über aller-
hand Spannendes.* Kennst du sicher, oder?«

Keine Ahnung, warum Jill und Henriette mich auf einmal anstarren, als hätte ich zwei Köpfe, und urplötzlich
in Gelächter ausbrechen. Habe ich etwa einen unfreiwil-
ligen Witz gemacht?

»Sorry, das ist gerade extrem unhöflich«, japst Henriette und wischt sich die Tränen aus den Augen. »Wir
lachen dich auch nicht aus, ganz ehrlich. Und: Ja, ich
kenne dieses Blog.« Wieder prustet sie los.

Ist ja auch egal, was so komisch ist, ich lache einfach
mal mit.

Die Party ist ein voller Erfolg. Es gibt leckere Saftcock-
tails, selbst gemachte Hamburger und sogar Livemusik
von einer Girlband namens Teen Spirits, bestehend aus
drei Mädchen aus Henriettes und Jills Klasse. Sie spielen
Coversongs von Pink, Lorde, Ellie Goulding und Lady
Gaga – und sind richtig gut!

Henriettes Oma rockt voll ab, und irgendwann tanzen
wir alle. Aber nicht so, wie wir es in der Tanzschule gelernt haben, sondern wir hüpfen einfach wie die Verrückten herum, bis wir nicht mehr können.

Dass auch einige meiner früheren Fußballkumpels auf
der Party sind, ist mir zuerst ein bisschen unangenehm.
Ob mich vielleicht doch einer von ihnen gesehen hat, als
ich neulich im Stadion war? Was, wenn sie mich darauf
ansprechen und fragen, warum ich vor dem Schlusspfiff
schon wieder abgehauen bin? Ich kann ja wohl schlecht
zugeben, dass ich in dem Moment einen akuten Eifer-
suchts-und-Selbstzweifel-Anfall hatte …

Doch nachdem mich nacheinander Peer, Latif, Ben
und Matthis mit »Hey, Franzi, lange nicht gesehen« be-
grüßen, bin ich sicher, dass mein Kurzbesuch beim FC
Phönix unentdeckt geblieben ist. **Uff.**

Noch etwas wird mir endgültig klar: Die Zeiten, in denen man mich Franz genannt hat, sind endgültig vorbei.
Und obwohl ich diesen Spitznamen anfangs gar nicht so
besonders gemocht habe, bin ich jetzt ein bisschen traurig darüber, dass mich vermutlich nie wieder jemand so
anreden wird.

»Siska, wie schön, dass du auch da bist!«

Ich müsste mich eigentlich gar nicht umdrehen, um zu wissen, wer mich da gerade angesprochen hat. Es gibt nämlich nur einen Menschen auf der Welt, der mich Siska nennt. Aber natürlich drehe ich mich doch um, alles andere wäre ja albern, und strahle ihn an. »Nick! Wo warst du denn die ganze Zeit?«

»Ich hatte noch Training«, sagt er. »Aber schön zu hören, dass du mich vermisst hast.«

Bei jedem anderen würde das jetzt ganz schön angeberisch klingen oder zumindest ziemlich machohaft, aber bei Nick hört es sich einfach nur witzig an.

»Ja, wie verrückt. Ich konnte kaum erwarten, dass du endlich auftauchst, um mir einen Cocktail zu holen«, gehe ich auf sein Gefrotzel ein, und prompt zieht er los, um uns beiden was zu trinken zu organisieren. Ich bleibe stehen und bin echt froh, dass Jill mich eingeladen hat. Das ist wirklich ein super Abend, und er könnte sogar noch besser werden.

Während ich warte, beobachte ich, wie Jill und Levin in Richtung Wohnungstür laufen – Hand in Hand und albern kichernd, wie es nur Verliebte tun. Sieht ganz so aus, als hätten sie ihre Krise überwunden und wären rechtzeitig zur Party in die Versöhnungsphase übergegangen. Kopfschüttelnd beobachte ich, wie sie nach draußen verschwinden. Ich finde es ganz schön anstrengend, dieses Hin und Her zwischen den beiden. Beziehungen scheinen ja wirklich kompliziert zu sein. Fast bin ich froh, dass ich Single bin. Doch dann kommt Nick mit den Getränken zurück, und ich vergesse Jill und Levin ganz schnell wieder.

»Du, ich wollte mich noch entschuldigen«, sage ich. »Du weißt schon, wegen der Sache mit dem Kino. Als deine SMS kam, fing gerade das Fußballtraining an, und als ich sie endlich lesen konnte, hatte der Film längst angefangen …« Ich rede schneller als sonst, um diese peinliche Situation endlich hinter mich zu bringen.

Zum Glück scheint Nick kein bisschen sauer zu sein. »Mach dir keinen Kopf«, winkt er ab. »Hätte ja sein können, dass es spontan geklappt hätte. Ich war dann mit ein paar Kumpels im Kino, also kein Ding.«

Werde ich für die Jungs in meiner Umgebung denn ewig Franz, der Fußballkumpel, bleiben? Vermutlich ja. Aber das macht die Sache auch viel unkomplizierter, als wenn Gefühlsduselei im Spiel ist.

»Danke jedenfalls, dass du an mich gedacht hast.«

»Tu ich öfter«, erwidert Nick, und mein Herz macht einen Stolperer. Vielleicht ist Gefühlsduselei doch nicht so blöd?

Wir unterhalten uns über dieses und jenes, aber meistens stehen wir nur schweigend da und lächeln einander an. Die Musik ist einfach zu laut, um ein richtiges Gespräch führen zu können. Und eigentlich ist mir das auch sehr recht. Sonst würde ich womöglich etwas sagen, was mir hinterher leidtäte.

Warum habt ihr euch eigentlich getrennt, du und Henri-

ette?, zum Beispiel. Was natürlich superblöd wäre, denn jeder weiß, dass Gespräche über Exfreundinnen im besten Fall zu einem unerträglich langen Monolog darüber führen, wie wundervoll Schrägstrich wie fürchterlich sie sind. Je nachdem, wer Schluss gemacht hat und wie sehr der Betreffende ihr oder ihm noch hinterhertrauert.

Aber interessieren würde es mich schon.

Hat Jill recht, und du hast die Sache mit Henriette vermasselt? Was hast du ihr angetan? – Ja, auch darauf hätte ich gern eine Antwort. Doch das kann ich erst recht nicht fragen.

Warum hast du mich eigentlich gefragt, ob ich deine Abschlussballpartnerin sein will? Einfach, weil es sich gerade so ergeben hat? Oder weil du mich magst?

Okay, das würde ich natürlich niemals laut aussprechen! Sonst würde Nick womöglich denken, ich hätte irgendwelche Hintergedanken.

Na ja, vielleicht hab ich ja welche. Aber ich würde eher nie wieder ein Wort mit ihm reden, als das zuzugeben!

In diesem Augenblick tritt Nick noch einen halben Schritt näher, streicht mir mit der Hand durch die Haare und beugt sich leicht zu mir hin.

Ich werde verrückt – gleich passiert es! Ich werde seine Lippen auf meinen spüren und vermutlich ohnmächtig vor Aufregung. Mein erster Kuss …

Eigentlich will ich meinen Blick nur ungern von Nicks spitzbübischem, von dunkelblonden Wuschelhaaren umrahmtem Gesicht mit den bernsteinfarbenen Augen und

den unfassbar langen Wimpern abwenden, aber wie fern-
gesteuert schließe ich die Augen und halte vor Aufregung
den Atem an.

Ich spüre genau, wie sich Nick nähert. Noch berührt
sein Mund den meinen nicht, aber das kann nur eine
Frage von Millisekunden sein. Oder wartet er etwa darauf,
dass ich etwas tue? Soll ich vielleicht die Lippen spitzen?
Oder leicht öffnen?

Warum steht so etwas nicht in diesem Blog von
Jette V.?

»Hey, bist du etwa müde?«, höre ich Nick sagen, was
mich sofort zurück auf den Boden der Tatsachen holt. Ich
öffne die Augen und sehe, wie er grinsend einen Fetzen
Kunstspinnweben hochhält. »Sieh mal, was sich in deinen Haaren verfangen hat. Hab dich davon befreit.«

Oh bitte, lieber Erdboden, tu dich auf, damit ich in
dir versinken kann!

Wie konnte ich die Situation dermaßen missverstehen?
Ich meine: Natürlich ist es voll süß, dass er diese Spinn-
webe von meinem Kopf pflückt, aber ein Kuss ist natürlich etwas völlig anderes! Wie in aller Welt habe ich nur
glauben können, er würde mich küssen wollen?

»Oh, danke«, sage ich einfallslos, während ich fieber-
haft nachdenke.

Ob Nick meinen Irrtum wohl bemerkt hat? Macht er
sich etwa lustig über mich? Oder hat er es sich in letzter
Sekunde anders überlegt, weil ich so offensichtlich kuss-
unerfahren bin?

Wie auch immer – ich muss hier verschwinden! Gut, dass er mir mit seiner Frage die perfekte Vorlage geliefert hat.

»Du hast recht, ich bin wirklich hundemüde. Wir sehen uns, okay?«

Und weg bin ich.

12
thg ing

Stollenschuhe

Anfang November wird es langsam Zeit, ein Kleid und passende Schuhe für den Abschlussball zu besorgen. Finden jedenfalls meine Eltern. Und Selma. Und Jill. Letztere erklären sich bereit, mir als persönliche Shopping-Begleiterinnen beratend zur Seite zu stehen.

Mama ist extrem großzügig und überreicht mir mit feierlichem Gesicht einen Umschlag, der sage und schreibe fünf Hunderteuroscheine enthält!

Ich bin ziemlich geplättet und kann erst einmal gar nichts sagen. Dann frage ich vorsichtig, ob sie sich eventuell vertan hat, weil das doch viel zu viel ist.

Da muss Mama laut lachen. »Nein, das hat schon alles seine Ordnung«, gluckst sie. »Ich will doch, dass du an deinem großen Tag wunderschön aussiehst.«

Ich nicke bloß. Dass **mein großer Tag** vielmehr der war, an dem ich für Nora eingewechselt wurde und mit meiner allerersten Ballberührung für den FFC Spreepark einen echt wichtigen Anschlusstreffer erzielt habe, erwähne ich lieber nicht. Sonst wäre Mamas gute Laune gleich wieder dahin – und bestimmt auch ihre Großzügigkeit.

Als mich Selma wenig später abholt, habe ich die Hunderter bereits gut verstaut. Zwei Scheine habe ich in meinen Geldbeutel gesteckt, die anderen drei sind noch immer in dem Umschlag, den ich klein zusammengefaltet und in das kleine Reißverschluss-Innenfach meiner Handtasche geschoben habe.

Selma hat bereits ziemlich konkrete Pläne, die sie mir auf dem Weg zum Einkaufszentrum ausführlich schildert. Ich höre gar nicht richtig zu, denn meine Gedanken kreisen keineswegs um Spitze oder Seide und die Frage der idealen Absatzhöhe, sondern um eine völlig andere Art von Schuhen.

Zum Glück haben wir uns für die Eisdiele als Treffpunkt entschieden, denn von Jill ist weit und breit noch nichts zu sehen, als wir – pünktlich auf die Minute – dort eintreffen. Während wir warten, lasse ich mir einen Erdbeershake schmecken und Selma sich einen Schokobecher.

»Daf mit der Hochfteckfrifur ift übrigenf mein Ernft«, sagt Selma urplötzlich, und ich muss furchtbar darüber lachen, denn sie klingt, als wäre sie besoffen. So spricht sie immer, wenn sie Eis isst, denn die Kälte betäubt ihre Zunge, sodass sie extrem lispelt. Erst nachdem sie ihr Sprechwerkzeug mithilfe eines Milchkaffees wieder aufgetaut hat, kann sie normal weiterreden.

»Versprich mir, dass ich dich für den Abschlussball frisieren darf!«, bettelt sie, und da es mir **völlig egal** ist, wie meine Haare bei diesem Anlass gestylt sind, stimme ich zu.

»Nick wird Augen machen, wenn er dich sieht!«, prophezeit Selma.

»Nick ist es völlig egal, wie ich gestylt bin«, widerspreche ich.

Woraufhin Selma die Augenbrauen fast bis zum Haaransatz hochzieht. Was würde sie erst für eine Grimasse ziehen, wenn ich ihr die Sache mit dem Nicht-Kuss erzählen würde?

Gerade als wir bezahlen, kommt Jill angefegt.

»Sorry, dass ich zu spät bin – ich hatte eben ein Vorstellungsgespräch bei *Radio Köpenick*«, japst sie und strahlt dabei wie ein Honigkuchenpferd.

»Darf ich raten? Sie haben dich genommen«, sage ich, und statt einer Antwort stimmt sie ein Freudengeheul an. Selma und ich fallen ihr begeistert um den Hals.

»Wahnsinn, ich darf als jüngste Mitarbeiterin aller Zeiten künftig eine Sendung co-moderieren. Jeden Samstagvormittag von elf bis eins. Ich kann's noch kaum fassen.«

»Echt der Hammer«, staunt Selma.

»Das muss ich sofort Henriette appen. Und Levin. Und meiner Ma!«

Jill sprudelt regelrecht über vor lauter Freude, und das kann ich gut verstehen – schließlich ist es ihr großer Traum, Moderatorin zu werden, und ich bin sicher, dass er eines Tages Wirklichkeit wird. Sie ist jedenfalls auf dem besten Weg dazu.

Nachdem sie die gute Neuigkeit verdaut und verbreitet hat, können wir uns auf das Projekt **Abschlussball-Outfit** konzentrieren und stürmen die erste Boutique. Da auch Jill ein Kleid braucht, nehmen wir zwei Umkleidekabinen nebeneinander und lassen uns von Selma ihre Vorschläge reichen. Sie geht ganz in ihrer Rolle als Style-Expertin auf und strengt sich tausendmal mehr an als die gelangweilte Verkäuferin, die uns kaugummikauend aus einiger Distanz beobachtet.

Für Jill hat Selma ein lavendelfarbenes Kleid ausgesucht, das zu ihrer langen blonden Mähne **einfach Bombe** aussieht, und für mich eins in Knallrot.

»Steht dir super!«, findet sie, und Jill stimmt ihr zu, aber ich fühle mich darin nicht wohl.

»Viel zu auffällig«, sage ich und ergänze nach einem Blick aufs Preisschild: »Und viel zu teuer!« Auch wenn der Betrag dank Mamas großzügiger Spende drin wäre – es käme mir einfach falsch vor, so viel für einen einzigen Fummel auszugeben.

Jill checkt jetzt ebenfalls, was das Lavendelkleid kostet, und verschwindet mit einer bedauernden Grimasse wieder in der Kabine, um es auszuziehen.

»Lasst uns woanders hingehen«, schlägt sie dann vor. »Ich hab da so eine Idee.«

»Ein **Secondhandladen**?« Selma klingt nicht gerade begeistert. »Da können wir auch gleich die Altkleider-Container durchwühlen.«

»Elin findet da immer die tollsten Stücke«, erklärt Jill. »Und die Kleider kann ich mir wenigstens leisten.«

Selma zieht einen Flunsch. Anders als Jills Mutter scheint ihre noch nie etwas Gebrauchtes gekauft zu haben.

»Was da im Schaufenster gezeigt wird, sieht doch richtig gut aus«, sage ich. »Wir können uns ja wenigstens mal umschauen.«

Widerstrebend folgt uns Selma in den Laden.

»Wow, was für ein cooles Teil!«, ruft sie wenig später begeistert und hält ein blaues Abendkleid mit silbernen Pailletten hoch. »Das ist wie für dich gemacht, Franzi!«

So schnell hat wohl noch niemand seine Vorurteile in Sachen Secondhandläden überwunden. **Echt rekordverdächtig.**

Übrigens hat sie recht. Dafür, dass es sich um ein **Kleid** handelt, ist das Teil gar nicht mal so übel. Farblich ähnelt es sogar den Auswärtstrikots des FFC Spreepark – wobei die natürlich nicht mit Pailletten verziert sind.

»Sehr gute Wahl«, sagt die Verkäuferin freundlich. »Übrigens ein Designerstück.«

Bevor ich es anprobiere, beäuge ich vorsichtshalber das Preisschild – und kann kaum fassen, was ich da sehe.

»Fehlt da zufällig eine Null am Ende?«, frage ich verblüfft und bringe die Verkäuferin damit zum Lachen. »Da fehlt ganz und gar keine Null. Das Kleid ist so günstig. Es wurde schon mehrfach im Preis reduziert, weil es niemand haben wollte. Aber ich glaube, es hat hier einfach auf dich gewartet. Wetten, es passt dir wie angegossen?«

Tatsächlich sitzt es einfach perfekt und sieht wirklich aus wie für mich gemacht.

»Gekauft!«, rufe ich und drehe mich vor dem Spiegel im Kreis.

»Du siehst aus wie eine Ballkönigin«, findet Selma. »Beziehungsweise: Du *würdest* aussehen wie eine Ballkönigin, wenn du keine Sneakers anhättest.«

Ups, stimmt – Schuhe brauche ich ja auch noch.

»Kein Problem«, sagt die Verkäuferin. »Welche Größe trägst du?«

»Achtunddreißig.«

»Momentchen, ich glaube, ich hab da was für dich.«

Während die Verkäuferin im Hinterzimmer verschwindet, widmet sich Selma wieder ihrer Aufgabe als **Shopping Guide**.

»Wie wäre es denn mit diesem Kleid, Jill?«, schlägt sie vor und hält ein jadegrün schimmerndes Etwas hoch.

»Oh, meine Lieblingsfarbe!«, jubelt Jill und schnappt sich das Teil, um sofort in der Umkleidekabine zu verschwinden.

Hochzufrieden beobachtet Selma, wie sie sich wenig später vor dem Spiegel begutachtet.

»Einfach traumhaft!«, schwärmt Jill, und ich muss zugeben, dass das kein bisschen übertrieben ist. »Und es harmoniert perfekt mit dem moosgrünen Kleid von Henriette, das ihre Oma für sie genäht hat.«

Die silbernen Schuhe, die mir die Verkäuferin bringt, passen wie angegossen und kosten sogar noch weniger

als das Kleid. Insgesamt bezahle ich für mein Outfit nicht
einmal hundert Euro.

Was bedeutet, dass ich noch über vierhundert Euro übrig habe.

Was wiederum bedeutet, dass …

»Leute, tut ihr mir einen Gefallen? Erwähnt bitte niemals, wie günstig wir hier eingekauft haben – vor allem
nicht gegenüber meiner Mutter.«

Die beiden nicken und heben ihre Hand zum Schwur.
»Freundinnen-Ehrenwort«, sagt Selma.

Wunderbar!

»Ich muss übrigens noch mal kurz weg. Treffen wir uns
wieder vor der Eisdiele?«

»Aber wo …«

»Super!«, unterbreche ich Selma. »Ich brauche auch
nur zehn Minuten.« Und schon bin ich weg.

Tatsächlich brauche ich nur fünf Minuten, denn der
Sportladen ist direkt um die Ecke – und meine Schuhe
sind auch noch da. In all ihrer Pracht. Ich finde sie bei-
nahe noch wunderbarer als neulich beim Anprobieren,
denn damals waren sie für mich unerreichbar – und jetzt
sind sie das nicht mehr. Denn ich kann sie mir leisten!

An der Kasse überkommt mich zwar ein Anflug schlech-
ten Gewissens, aber die Freude über die neuen Fußballschuhe überwiegt.

Schließlich bekommt Mama ihren Willen – ich werde
diesen Abschlussball hinter mich bringen und lasse mich

dazu widerspruchslos ausstaffieren wie eine Prinzessin. Da ist es doch nur fair, dass ich auch bekomme, was ich will. **Oder?**

Mama muss es ja nicht erfahren.

Wetten, dass sie ganz gerührt sein wird, wenn ich ihr nachher das Kleid vorführe?

Knapp daneben

Vielleicht war es doch keine so gute Idee, heimlich die teuren Fußballschuhe zu kaufen. Denn wer weiß, ob ich in Zukunft überhaupt noch Verwendung für sie habe. Schließlich gilt die **Keine-Note-schlechter-als-drei-Regel** immer noch, und wenn ich die Sache mit den französischen Vergangenheitsformen nicht bald in meinen Schädel kriege, wird es im nächsten Zeugnis womöglich nicht mal zu einer Vier reichen!

Das Problem beschäftigt mich dermaßen, dass ich im Tanzkurs vollkommen unkonzentriert bin und Nick beim langsamen Walzer gleich mehrfach auf die Zehen trampele.

»Tut mir ehrlich leid!«, bitte ich ihn erschrocken um Entschuldigung, nachdem es schon wieder passiert ist.

»Zum Glück bist du ja nicht besonders schwer«, meint Nick lachend. Er ist echt süß. Vor allem die Grübchen, die sich beim Lächeln zeigen, sind **extrem süß**. Umso peinlicher ist mir meine Ungeschicklichkeit, und als ich dann auch noch links und rechts verwechsele, mustert er mich schon fast besorgt.

»Alles okay mit dir?«

»Ich sag nur: **französische Grammatik**! Am Dienstag schreiben wir eine Klassenarbeit, und wenn kein Wunder passiert, werde ich mit Pauken und Trompeten durchfallen.«

»Grammatik ist fast so logisch wie Mathe«, behauptet Nick und gibt mir mit der rechten Hand einen kleinen Schubser für eine Drehung.

»Logisch? Machst du Witze?« Und dann zitiere ich die blöde Regel, die wir neulich auswendig lernen mussten: »Das Partizip Perfekt in Verbindung mit einer Form von *avoir* oder *être* reflexiv richtet sich in Geschlecht und Zahl nach dem vorausgehenden Akkusativprojekt.‹«

»Akkusativobjekt, meinst du wohl. Aber sonst stimmt doch alles. Wo ist dein Problem?«

»Das Problem ist, dass ich nicht die geringste Ahnung habe, was das bedeuten soll. Ich weiß ja nicht mal, was so ein Akkusativprojekt ist!«

»Akkusativobjekt. Und das ist …«

»Vergiss es, ich bin ein hoffnungsloser Fall«, jammere ich.

»Wetten, dass nicht?«

Ich runzele die Stirn, doch Nick scheint keine Zweifel zu haben: »Ich wette, dass ich es schaffe, dir dieses Grammatikproblem in maximal zwei Stunden so gut zu erklären, dass du am Dienstag eine Drei schaffst. Mindestens.«

Ich bin verblüfft. »Du willst mir wieder Nachhilfe geben?« Dass ich da nicht selbst draufgekommen bin … Schließlich habe ich noch etwas von dem Ballkleid-Fußballschuh-Geld übrig. Ein paar Stunden bei Nick kann ich mir also **locker** leisten. Aber ich konnte ja nicht ahnen, dass Nick nicht nur super in Mathe, sondern auch ein Sprachgenie ist.

»Nö, keine Nachhilfe«, meint er, und ich will schon anfangen zu betteln, als er ergänzt: »Ich will diesmal kein Geld von dir, also ist es auch keine Nachhilfe. Sondern ein Gefallen unter Freunden. Okay?«

Jetzt bin ich sprachlos. Und habe plötzlich einen Frosch im Hals.

Meint er das ernst, oder macht er sich über mich lustig?

Seine Bernsteinaugen blitzen. Warum schaut er mich so auffordernd an? Ach so, er wartet noch immer auf eine Antwort.

»Na super. Umso besser. Morgen Nachmittag?«, krächze ich heiser.

»Geht klar.«

Diesmal sind meine Eltern daheim, als Nick klingelt, und Mama schafft es, ihm innerhalb kürzester Zeit jede Menge Informationen zu entlocken. Wenn sie keinen Job als Lehrerin hätte, könnte sie glatt **beim Geheimdienst anheuern**! Noch bevor wir in meinem Zimmer verschwinden, weiß sie, dass er mein Abschlussballpartner ist, demnächst sechzehn wird, keine Geschwister hat und dieselbe Schule besucht wie ich. Bevor sie ihn noch weiter verhört, fingiere ich einen Niesanfall, dann schiebe ich ihn durch die Tür und schließe sie hinter uns. Aus den Augenwinkeln erkenne ich noch den vielsagenden Blick, den Mama uns hinterherschickt.

Als ob sie genau wüsste, was sich zwischen uns abspielt. Dabei hat sie **nicht die geringste Ahnung,** dass wir uns in den kommenden zwei Stunden ausschließlich mit französischer Grammatik befassen – und das soll auch so bleiben. Ich will nämlich nicht, dass sie von meinen Schulproblemen erfährt – und dann auch noch in ihrem Fach! Am Ende käme sie noch auf die Idee, mir Privatstunden geben zu wollen, und das wäre unerträglich. Als Mutter ist sie ja schon superstreng, **aber als Lehrerin …** Das will ich mir lieber gar nicht ausmalen.

Übrigens hat Nick mir nicht zu viel versprochen. Die Art und Weise, wie er mir die Sache mit dem Partizip Perfekt erklärt, ist wirklich absolut logisch. Im Nullkommanix kapiere ich auch, was es mit dem Akkusativobjekt auf sich hat.

»Du musst einfach nur die **Wen-Frage** stellen«, sagt er. »**Wen** bedient der Kellner? **Wen** begrüßt die Lehrerin? **Wen** kennt der Vater?«

Na, das ist ja simpel.

»Es kommt lediglich darauf an, ob es sich bei diesem *Wen* um eine oder mehrere Personen handelt, und zwar weibliche oder männliche«, fasse ich zusammen. »Dementsprechend bekommt das Partizip Perfekt eine zusätz-liche Endung. Zum Beispiel ein e bei einem weiblichen *Wen* oder ein s bei mehreren *Wens*.«

»Oder ein e *und* ein s bei mehreren weiblichen *Wens*«, ergänzt Nick, »aber nur, wenn das Akkusativobjekt weiter vorne im Satz steht.«

»Logo«, antworte ich und meine das absolut ernst.

»Sag ich doch!« Nick lacht.

Wenn doch nur meine Lehrer so super erklären könnten wie er!

»Ich weiß gar nicht, wie ich dir danken soll! Weißt du was? Ich glaube, ich buche dich jetzt vor jeder Klassenarbeit«, rufe ich begeistert.

Von einer Sekunde auf die andere verschwindet Nicks süßes Lächeln. Auf einmal sieht er ziemlich bedrückt aus.

»Keine Sorge, ich bezahl dich auch!«, ergänze ich erschrocken.

»Das ist es nicht ...«

Ich frage, was mit ihm los ist, aber er druckst nur herum.

»Mir kannst du doch vertrauen!«

»Ach, Siska ...« Er seufzt, und dann rückt er mit der Neuigkeit heraus: Künftig wird er mir keine Nachhilfestunden mehr geben können, denn er zieht weg aus Berlin. Kurz nach den Weihnachtsferien schon – bis dahin sind es nur noch ein paar Wochen.

Ich bin wie vor den Kopf geschlagen. **Er wird mir fehlen,** das spüre ich schon jetzt. Und zwar sehr!

Ob ich ihm wohl auch fehlen werde?

Statt ihn das zu fragen, sage ich etwas **Superblödes**.

Nämlich: »Sei froh, dass du nicht mehr mit Henriette zusammen bist, sonst wäre der Abschied noch schlimmer.«

Autsch! Hab ich das wirklich gerade abgesondert? Ich könnte mir selbst in den Allerwertesten beißen!

Aber Nick findet meine Bemerkung gar nicht peinlich oder albern, im Gegenteil. Er legt den Kopf schief und denkt ernsthaft darüber nach. Dann erzählt er, wie es damals war, als seine Beziehung mit Henriette zu Ende ging. Dass ihm die Zeit mit seinen Kumpels gefehlt hat. Dass er sich absolut kindisch verhalten hat und gut verstehen kann, dass Henriette mit ihm Schluss gemacht hat. Dass er selbst das in dem Moment auch besser fand, weil sie inzwischen mehr wie eine Schwester für ihn war als eine Freundin. Dass er wohl zu unreif für so eine enge Bindung war.

»Das ist jetzt schon über ein halbes Jahr her, und inzwischen denke ich darüber ... na ja, irgendwie anders.«

Ähm – und was bedeutet das genau? Etwa, dass er Henriette noch immer liebt? Und sie zurückhaben will? Aber die scheint doch voll glücklich zu sein mit Jacob. Die beiden sind so ein tolles Paar!

Am liebsten würde ich ihn danach fragen, aber das wäre wohl ein bisschen arg aufdringlich.

»Tja, ich muss dann mal los«, sagt Nick und steht auf.

Blöderweise stehe ich genau gleichzeitig auf, und um ein Haar knallen wir mit den Köpfen zusammen.

»Huch«, mache ich, als ich ins Straucheln gerate.

Woraufhin er mich festhält und mir dabei so nahe kommt wie noch nie zuvor. **Wenn er mich jetzt küssen wollte,** müsste er sich nur noch ein paar weitere Zentimeter nach vorn beugen.

Unwillkürlich halte ich die Luft an und öffne leicht die Lippen. Doch dann wird mir zum Glück sofort klar, was ich **schon wieder** tue. Nick muss mich ja für **völlig plemplem** halten!

Abrupt drehe ich mich zur Seite. Leider so schwungvoll, dass ich erneut das Gleichgewicht verliere und dabei gegen ihn stolpere. Mein Kopf landet an seiner Schulter, dann endlich habe ich mich wieder gefangen. Und bin gerade noch eben einer **Riesenblamage** entgangen.

Nach dem Abendessen schaue ich bei Selma vorbei und erzähle ihr alles. Besser gesagt entlockt sie mir jedes Detail. Im Aushorchen ist sie mindestens so geschickt wie meine Mutter. Irgendwie sieht sie mir auch immer an, wenn mich etwas beschäftigt, was sie interessieren könnte.

Aber wenn ich ehrlich bin, will ich ihr mein Herz auch ganz freiwillig ausschütten – schließlich bin ich deshalb hergekommen.

»Spuck's schon aus«, ermuntert mich Selma.

»Okay«, sage ich, und dann sprudelt es aus mir heraus. Ich erzähle von meinem Fußballschuh-Geheimnis, dem Grammatik-Problem, Nicks Umzug und dann – nach Selmas strengem **Nun-komm-endlich-auf-den-Punkt-**

Blick – von dem ersten Nicht-Kuss auf der Party und dem zweiten vorhin.

Entgeistert starrt sie mich an und schüttelt ihre roten Locken. »Oh Mann, dir ist ja echt nicht zu helfen«, verkündet sie.

»Na super. Das ist genau die Unterstützung, die man sich von einer Freundin erhofft!«

»Nun sei nicht gleich beleidigt. Denk lieber mal nach. Vielleicht wollte dich Nick vorhin ja tatsächlich küssen.«

Verblüfft kratze ich mich am Hinterkopf. Daran habe ich noch gar nicht gedacht. »Keine Ahnung«, sage ich schließlich. »Ich kann ihn ja wohl schlecht danach fragen.«

»Stimmt. Es hätte nur eine Möglichkeit gegeben, das zu erfahren. Wenn du deinen Kopf nicht weggedreht hättest – dann wüsstest du das jetzt ganz genau.«

»Ja, aber vielleicht hätte ich mich auch einfach nur total lächerlich gemacht. Weil er nämlich nicht im Traum daran denkt, etwas in der Art zu tun. Jedenfalls nicht mit mir.«

Selma verschränkt die Arme vor der Brust. »Oder das Gegenteil ist der Fall, und er wünscht sich nichts mehr als einen Kuss von dir.«

Das kommt mir jetzt aber **extrem unwahrscheinlich** vor.

Und selbst wenn. Was soll es bringen? Schließlich verschwindet Nick bald von hier. Mitsamt seinen langen Wimpern, seinen Bernsteinaugen, seinen Wuschelhaaren und seinen süßen Grübchen.

Hach!

Spielverderber

Nick ist mein Held! Ich habe eine Drei plus in der Französischarbeit geschrieben! **Kaum zu fassen,** oder? Unser Lehrer kann es ebenfalls nicht glauben. Deshalb ruft er mich nach vorne an die Tafel und lässt mich dort drei zusätzliche Beispielsätze schreiben. Ich wette, er hält mich für eine Betrügerin. Und wenn ich die Aufgabe vermassele, verpasst er mir eine Sechs.

Aber ich habe echt nicht abgeschrieben, denn die Sache mit dem Partizip Perfekt und dem Akkusativobjekt habe ich tatsächlich **so richtig kapiert**! Unserem Französischlehrer bleibt nichts anders übrig, als mich zu loben und mir zu meinem Erfolg zu gratulieren.

Tschakka!

Den Rest dieses Schultages schwebe ich wie auf Wolken. In der Pause halte ich vergeblich Ausschau nach Nick, um ihm von meinem Triumph zu erzählen.

Egal, bei der Tanzstunde nachher – übrigens der letzten vor dem Abschlussball – treffe ich ihn auf jeden Fall.

Als ich ihn sehe, laufe ich ihm sofort entgegen. Ich kann einfach nicht anders: Vor lauter Glück muss ich ihm um den Hals fallen.

»Du bist der weltbeste Nachhilfelehrer aller Zeiten«, schwärme ich und erzähle ihm von der Drei plus. Dann fällt mir allerdings sofort wieder ein, dass er mir bei der nächsten Arbeit leider nicht mehr helfen kann, und schicke noch ein »Du darfst einfach nicht wegziehen!« hinterher.

Nick grinst gequält und fährt sich mit der Hand durch seine ohnehin schon völlig verwuschelten Haare.

»Sorry, daran lässt sich leider nichts ändern«, sagt er. »Aber vielleicht kann ich dir im Notfall ja via Skype beistehen?«

Super Idee!

»Darauf komme ich auf jeden Fall zurück«, drohe ich lachend. Dabei meine ich das völlig ernst! Nick ist einfach ein Genie, wenn es ums Erklären geht. Was mir in der Schule wie reines Chinesisch erscheint, ist plötzlich kinderleicht, wenn er es mir beibringt. Und bevor mein Zeugnis so mies wird, dass ich nicht weiter Fußball spielen darf, skype ich lieber regelmäßig mit ihm!

Trotzdem wird er mir fehlen …

Ob seine Bernsteinaugen auf dem Laptop-Monitor wohl auch so lustig funkeln wie in echt?

Alles in allem bin ich trotzdem ziemlich zufrieden mit mir und der Welt, als ich nach der Tanzstunde in unsere

Straße einbiege. Dort begegne ich einer Gruppe Kinder-gartenkinder mit Laternen, offenbar auf dem Rückweg vom Martinsumzug. Vor ein paar Jahren waren Selma und ich mit unseren Laternen auch dabei. Mir kommt es vor wie eine Ewigkeit.

Ich bin so in Gedanken versunken, dass mir der scho-koladenbraune Geländewagen erst auffällt, als er schon fast vorbei ist. Ich erkenne Rose McArthur, meine Traine-rin beim FFC Spreepark, die mir fröhlich zuwinkt. Was sie hier wohl gewollt hat? Das hier ist ein reines Wohn-gebiet, und unser Haus steht kurz vor dem Wendeham-mer. Und wer saß da neben ihr?

Seltsamerweise erwarten mich meine Eltern im Wohn-zimmer. Sie machen feierliche Gesichter.

»Franziska, wir hatten ja keine Ahnung«, sagt Mama bewegt und schließt mich in ihre Arme.

Was ist denn hier los? Habe ich etwa eine unheil-bare Krankheit, und sie versuchen, es mir schonend beizubringen?

»Irgendwie haben wir die ganze Sache wohl völlig un-terschätzt«, verkündet Papa. »Glaub uns, wir sind ja so stolz auf dich!«

Okay, wohl doch keine unheilbare Krankheit. Aber was dann? Ich stehe noch immer auf dem Schlauch.

»Allerdings bedeutet das nicht automatisch, dass wir es dir erlauben werden«, ergänzt Mama. »Das verstehst du doch sicher.«

Ich verstehe rein gar nichts.

»Dass ihr mir WAS erlaubt?«, echoe ich verwirrt.

Endlich erfahre ich, was Rose McArthur in unserer Straße gemacht hat: Sie hat meine Eltern besucht – gemeinsam mit Martin Behrend, dem Talentscout, der unser Spiel neulich gesichtet hat. Und der meinen Oldies vorhin mitgeteilt hat, dass er ganz begeistert von meinem fußballerischen Können ist. Weshalb man mir ein Stipendium im Sportinternat Potsdam anbietet, um dort die Mädchenfußballklasse zu besuchen, die aus Talenten Profisportlerinnen und teilweise sogar Nationalspielerinnen macht.

Ich muss mich wohl verhört haben.

»Man ... äh ... bietet mir WAS an?«, stammele ich.

»Ein Sport-Stipendium. Wusstest du eigentlich, dass in diesem Internat viele erfolgreiche Nationalspielerinnen ausgebildet wurden?«, klärt Papa mich auf.

Okay, mit meinen Ohren ist wohl doch alles in Ordnung. Aber kann das wirklich wahr sein? Wo ist hier die versteckte Kamera?

»Ich muss mich setzen ...«

Ich lasse mich auf Papas Fernsehsessel plumpsen und nehme dankbar das Glas Wasser entgegen, das Mama mir reicht.

Da sitze ich nun und grinse stumpfsinnig vor mich hin.

Ein Stipendium! In der legendären Schule, die so viele meiner Idole besucht haben. Das ist ... einfach irre. Wahnsinn. **Ein Traum!**

Was wird wohl Nora sagen, wenn sie davon hört? Hof-

fentlich hasst sie mich dann nicht. Immerhin mache ich
ihr dann nicht länger den Stammplatz im Team streitig. Svea und Lilian und die anderen werden mir diese
Chance garantiert gönnen, da bin ich sicher.

Doch langsam dringt in mein Bewusstsein, was Mama
eben **außerdem noch** gesagt hat. Zwischen der Sache mit
dem Stolz und der mit dem Stipendium.

»Moooment«, sage ich gedehnt und stehe in Zeitlupe
wieder auf. »Habt ihr eben ernsthaft angedroht, dass ihr
mir diese Chance kaputt machen wollt?«

»Aber mitnichten, liebe Franziska«, säuselt Mama mit
ihrer Lehrerinnenstimme, die sie immer benutzt, wenn
sie mir eine völlig hirnlose Bestrafung als pädagogische
Notwendigkeit verkaufen will.

Oh Mann. Ich wusste es – ich habe mich zu früh gefreut. Meine Eltern sind solche **Spaßverderber**!

»Das ist so fies!«, schluchze ich.

»Nun warte doch erst mal ab«, versucht Papa mich zu
beruhigen. »Es ist ja durchaus möglich, dass wir dich auf
das Sportinternat gehen lassen – sofern uns das pädagogische Konzept der Schule zusagt.«

Das pädagogische Konzept? Wie bitte? Die sind von
meinem fußballerischen Talent überzeugt und machen
mich vielleicht zur Profispielerin – und meine Eltern fa-
seln von Pädagogik?

»Das ist soooo fies!«, wiederhole ich mit wachsen-
der Verzweiflung. Ich fühle mich wie ein Kind, dem
man erst sein Lieblingsspielzeug vor die Nase hält und

es dann gleich wieder wegnimmt. Oder schlimmer: kaputt macht!

Am besten, ich vergesse die Sache also gleich. Frustriert flüchte ich in mein Zimmer, knalle die Tür hinter mir zu und werfe mich traurig auf mein Bett. Meine gute Laune von eben ist verschwunden. Ja, ich freue mich nicht einmal mehr über das tolle Ergebnis bei der Französischarbeit.

Nach einer Weile öffnet Papa die Tür und kommt zögernd herein. Ich tue so, als ob ich schlafe.

»Ich hoffe, du hast Lust, morgen mit mir nach Potsdam zu fahren. Schauen wir uns dieses Internat doch einfach mal an, okay? Ich kann mir gut vorstellen, dass es dir dort gefällt.«

Pah. Als ob es darauf ankäme, wie es *mir* gefällt. Entscheidend ist ja das Urteil meiner Oldies. Und da mache ich mir lieber keine großen Hoffnungen. Sonst werde ich bloß wieder enttäuscht.

Trotzdem bin ich ganz aufgeregt, als ich am Samstagmorgen mit Papa nach Potsdam fahre, um das Internat zu besichtigen. Meine Mutter hat keine Zeit, weil sie meinen Bruder Konstantin zu einem Klarinettenvorspiel begleitet. Ist vermutlich auch besser so. Papa hasst Fußball nicht ganz so leidenschaftlich wie sie.

Unterwegs versucht er krampfhaft, gute Stimmung zu verbreiten, und erzählt auf den ersten zehn Kilometern schon drei seiner Uralt-Witze, sodass mir nichts anderes übrig bleibt, als mir meine Ohrstöpsel zu schnappen und die Augen zu schließen, damit er endlich damit aufhört.

Dann aber tut es mir wieder leid, dass ich so launisch bin, denn immerhin versucht Papa ja, mich aufzumuntern. Also schalte ich die Musik wieder aus und erkläre ihm, dass ich total nervös bin und lieber nicht reden möchte. Zum Glück versteht er das und schaltet seinen Kultur-Radiosender ein, den ich sonst immer so nervig finde, der mich heute aber extrem beruhigt.

Während er einem ausführlichen Bericht über irgendeinen stinklangweiligen Historienschinken über Krieg und Vertreibung lauscht, denke ich an die vielen tollen Fußballspielerinnen, die in Potsdam ausgebildet wurden und danach ganz groß rausgekommen sind. Babett Peter zum Beispiel oder Tabea Kemme. Nicht zu vergessen Pauline Bremer, Jennifer Zietz und Felicitas Rauch. Vielleicht steht mein Name eines Tages auch in dieser Reihe? Franziska Kutscher, erfolgreiche Nachwuchsspielerin. Oder noch besser: Franziska Kutscher, Europameisterin 2021. Und wenn ich dann noch zu jung bin, eben Weltmeisterin 2023. Oder 2027.

Man wird ja wohl noch träumen dürfen!

Ich bin noch ganz in Gedanken versunken, als Papa einparkt.

»Wir sind da«, ruft er gut gelaunt.

Eine Viertelstunde später hat er ein Gespräch mit dem Direktor, das über meine Zukunft entscheiden wird.

Währenddessen werde ich von einer Schülerin in meinem Alter herumgeführt. Ronja ist supernett und ganz begeistert von der »Eliteschule des Fußballs«. Die Glückliche hat offenbar keine Lehrer-Eltern, die nur Wert auf blödes Faktenwissen legen und nicht kapieren, dass das hier die größte Chance meines Lebens ist.

Ich versuche, meine Begeisterung einigermaßen im Zaum zu halten, damit meine Enttäuschung später nicht so groß ist.

Ronja zeigt mir das Haus der Athleten, wo ich wohnen würde, das Schülercafé, wo ich mit den anderen meine Freizeit verbringen könnte, ihr helles, gemütliches Zimmer, das mir sehr gut gefällt, das nahe gelegene Havelufer und die tollen Sportanlagen ganz in der Nähe des Wohnheims.

Hier würde ich mich pudelwohl fühlen!

»Nicht übel«, sage ich zu Ronja, als müsste ich mich selbst davon überzeugen, dass ich nur so mittelmäßig beeindruckt bin. Tatsache ist aber: **Ich bin hin und weg!** Nie im Leben wollte ich etwas so sehr, wie hier wohnen, lernen und trainieren zu dürfen!

Auf dem Heimweg ist mein Vater sehr wortkarg und meint nur, er müsse die ganze Sache erst mit meiner Mutter besprechen. Das klingt nicht gut. Obwohl meine Hoffnung ohnehin schon ganz gering war, bin ich enttäuscht. Aber ich will nicht weinen. Deshalb tue ich – mal wieder – so, als würde ich schlafen.

Riesenchance

Eigentlich habe ich damit gerechnet,
dass meine Oldies mir noch am gleichen Wochenende
ihr Urteil verkünden. Aber offenbar wollen sie es span-
nend machen. Beziehungsweise mich noch ein bisschen
länger **quälen.**

Vielleicht lassen sie mich ja zappeln, bis ich nachfrage,
aber darauf können sie lange warten. Diese Blöße werde
ich mir bestimmt nicht geben. Ich kann mir schon lebhaft
vorstellen, wie sie mir wortreich begründen, warum es
das Allerbeste für mich ist, das Stipendium abzulehnen.
Natürlich aus rein pädagogischen Gründen. Und wegen
meiner Zukunft. **Würg!**

Ob ich es wohl schaffe, dann nicht in Tränen auszubre-
chen? Ich hoffe es sehr. Nur fürchte ich, dass die Enttäuschung stärker ist als mein Stolz. Egal – auch wenn ich
weine, ich werde bestimmt nicht betteln.

Je mehr Zeit vergeht, desto sicherer bin ich, dass nichts
aus meinem großen Traum wird. Und desto mehr ge-

wöhne ich mich an den Gedanken, für den Rest meines Lebens **unglücklich** zu sein.

Inzwischen ist unser Besuch in Potsdam schon eine ganze Woche her. Es ist wieder Samstag – und wieder ein ganz besonderer. Heute Abend findet nämlich der Abschlussball statt!

Natürlich lässt mich dieses Ereignis ziemlich kalt – es kann jedenfalls kaum der Grund dafür sein, dass ich in aller Frühe aufwache und nicht mehr einschlafen kann. Eine Weile wälze ich mich noch im Bett hin und her, aber es hat einfach keinen Zweck. Ich höre, dass Mama aufsteht und einen Espresso durchlaufen lässt. Wenig später fällt die Haustür ins Schloss. Vermutlich geht sie einkaufen. Mama hasst das. Deshalb bringt sie es am liebsten so früh wie möglich hinter sich – gleich morgens, sobald die Supermärkte öffnen.

Wenig später rumort auch Papa herum. Ich stehe auf und schlüpfe in meine Joggingklamotten. Dann warte ich ab, bis die Dusche rauscht, um einen Zettel mit der Kurzbotschaft »Bin laufen« auf den Küchentisch zu legen und abzuhauen.

Draußen ist es kühl, fast kalt, und ich ärgere mich, dass ich nicht an Handschuhe und Ohrenschützer gedacht habe. Doch nach ein paar Minuten wird mir warm, und ich finde meinen Rhythmus. Es wird ein schöner Spätherbsttag. Die Morgensonne wärmt zwar nicht, aber sie löst den Dunst auf, der dicht über dem Boden hängt. Sieht aus wie ein **Lightshow-trifft-Bühnennebel-Effekt**.

Ich dagegen fühle mich kein bisschen wie ein Star im Scheinwerferlicht, sondern eher wie bei »Pleiten, Pech und Pannen«.

Das muss man sich mal vorstellen: Ich hatte die Chance auf ein Stipendium in Potsdam, aber ich darf sie nicht nutzen. Stattdessen werde ich weiter meine alte Schule in Köpenick besuchen und für den FFC Spreepark kicken. Was mir letzte Woche noch vollkommen genügt hätte. Warum konnte nicht alles so bleiben, wie es war? Ach, wäre ich doch damals, als dieser Martin Behrend unser Spiel beobachtet hat, bloß nicht eingewechselt worden. Dann wäre ich jetzt immer noch glücklich und zufrieden …

Ich biege in den Stadtpark ein, in dem um diese Zeit schon jede Menge Hundebesitzer mit ihren Vierbeinern unterwegs sind, und beschließe, sofort mit dem Grübeln aufzuhören. Das führt doch eh zu nichts. Lieber denke ich an den Abschlussball – der wird vielleicht sogar ganz witzig! Mit Henriette und Jacob, Jill und Levin wird es sogar beim Tanzen richtig lustig!

Und mit Nick sowieso.

Dann fällt mir leider ein, dass es auch mein letzter Abend mit Nick wird, und das gibt mir den Rest. Ich setze mich auf eine Parkbank und lasse meinen Tränen freien Lauf.

Oh Mann, das tut vielleicht gut.

Heulen befreit. Wenn es nicht so verdammt **mädchenhaft** wäre, würde ich es glatt öfter machen.

Andererseits: Was ist so schlimm daran? Schließlich **bin ich** ein Mädchen. Und überhaupt – hat nicht diese Jette V. geschrieben, dass wir Mädchen selbst bestimmen, was mädchenhaft ist? Und dass das alles andere als lächerlich ist, sondern cool! Wenn es in Potsdam extra eine Fußballklasse für Mädchen gibt, kann mein Lieblingssport logischerweise nicht unmädchenhaft sein. Außerdem kann er nicht unpädagogisch sein, auch wenn meine Oldies das Gegenteil behaupten.

Ich trockne meine Tränen und trabe nach Hause.

Dort erwartet mich eine Riesenüberraschung: Der Frühstückstisch ist gedeckt wie an einem Feiertag. Ich sehe einen Hefezopf und Obstsalat, Tomaten mit Mozzarella und eine Käseplatte sowie mindestens drei Sorten Marmelade. Es gibt sogar scharfe Peperoni-Rühreier, meine Leibspeise!

Vor meinem Platz steht eine kugelrunde Kerze.

»Hey, was ist denn hier los? Mein Geburtstag war doch schon im Juli«, sage ich verwirrt.

»Aber dein größtes Geschenk bekommst du heute«, sagt mein Vater und strahlt über beide Ohren.

Hat der etwa Drogen genommen?

Dann verkünden meine Eltern, dass **die Sache klargeht.**

»Na, freust du dich …«, ruft Mama lachend.

Ähm … Welche Sache?

»… auf Potsdam?«, ergänzt sie.

Es dauert ein paar Sekunden, bis ich kapiere: Sie erlauben es! Ich darf das Stipendium annehmen! Mein Traum wird wahr! Ich lache und weine zugleich und falle den beiden um den Hals. Sogar Konstantin kriegt einen Schmatzer ab, und das sagt schon alles über meinen Geisteszustand.

Nachdem ich mindestens drei Mal um den Tisch herumgetanzt bin, in den schrillsten Tönen gejubelt und wie eine Verrückte in die Luft geboxt habe, als hätte ich das Tor zum WM-Sieg geschossen, lasse ich mich auf meinen Stuhl sinken und strahle einfach nur noch vor mich hin.

»Können wir jetzt endlich mal essen?«, fragt Konstantin schließlich leicht genervt. »Hier sieht's aus wie im Schlaraffenland, und ich bin halb verhungert.«

Das ist das Startsignal. Ich lade mir den Teller voll mit Rührei und lasse es mir schmecken. Konstantin stürzt sich auf den Hefezopf, Papa auf die Käseplatte und Mama auf die Tomaten.

»Das Konzept hat uns echt überzeugt«, erklärt Mama. »Ich habe ja bezweifelt, dass man das schaffen kann – sportliche Erfolge und einen guten Schulabschluss. Aber mit dem additiven Abitur ist das kein Problem – statt zwölf oder dreizehn Jahre hat man vierzehn Jahre Zeit bis zur Reifeprüfung. Du kannst also Profispielerin werden und dennoch studieren. Zum Beispiel Sport. Na, wie findest du das?«

Ich habe keine Ahnung, ob ich überhaupt jemals Abi machen will. Oder studieren. Vielleicht – vielleicht aber auch nicht. Aber eins weiß ich ganz sicher: Ich will die

Mädchenfußballklasse besuchen und fleißig trainieren! Diese Riesenchance werde ich definitiv nutzen – schließlich wäre sie mir fast durch die Lappen gegangen.

»Außerdem hat uns das Leitbild der Schule überzeugt«, ergänzt Papa zwischen zwei Bissen Camembert. »Da lehrt man Respekt, Fairness und Toleranz.«

»Find ich super, dass ich so tolerante Eltern habe«, grinse ich. »Es soll ja Leute geben, die Frauenfußball gar nicht mögen.«

Abschiedsspiel

»**Autsch**! Flechtfrisuren sind die reinste Folter«, jammere ich, doch Selma kennt keine Gnade.

»Stell dich nicht so an!«, weist sie mich zurecht und fährt fort, mich zu piesacken. »Außerdem hast du es mir versprochen.«

Na ja, wo sie recht hat ...

»Damals war ich jung und blöd«, erwidere ich und verziehe das Gesicht.

»Nachher, wenn ich dich schminke, musst du aber aufhören, Grimassen zu schneiden«, kommandiert Selma, die heute ihre roten Locken mit einem Haarreif gebändigt hat, um ungestört an mir **arbeiten** zu können.

»Ich hasse Make-up«, mosere ich.

»Keine Chance – heute bist du ganz in meiner Hand. Jedenfalls, was das Styling betrifft!«

»Aber halte dich bitte zurück. Wenn du mich so anpinselt, dass ich aussehe wie ein Papagei, wasche ich alles sofort wieder ab.«

»Keine Panik – du wirst dir gefallen«, verspricht sie.

Na, da bin ich ja mal gespannt. Zum ersten Mal bedauere ich, dass es in meinem Zimmer keinen Spiegel gibt. So habe ich überhaupt keine Kontrolle darüber, was Selma mit mir anstellt. Seltsames Gefühl!

Als sie fertig ist mit ihrem Kunstwerk, macht Selma ein paar Fotos mit ihrem Smartphone. »Damit ich nicht vergesse, wie du aussiehst, wenn du weg bist«, erklärt sie.

»Also erstens bin ich ja nicht aus der Welt, sondern nur in Potsdam, und ich komme ja auch an den Wochenenden und in den Ferien nach Hause, falls kein Spiel ansteht. Außerdem: *So* sehe ich bestimmt nur heute und dann **nie wieder** aus!«

»Umso wichtiger, das Styling für die Nachwelt zu erhalten, denn es ist echt Hammer!«

Mir schwant Schreckliches. Schließlich findet Selma ja auch David Guetta, Gummibärchen und Vampirromane **Hammer**. Das ist also nicht unbedingt ein Gütesiegel.

Ich springe auf und will sofort ins Bad, um zu kontrollieren, was meine Freundin aus mir gemacht hat. Doch die hält mich auf und zwingt mich, erst noch Kleid und Schuhe anzuziehen, damit ich mich in **voller Pracht** bewundern kann.

Zum Glück haben die Pumps keine allzu hohen Absätze, sonst könnte ich überhaupt nicht darin laufen. Schon jetzt habe ich das Gefühl, auf Zehen zu schwanken.

»Meine Fußballschuhe sind tausendmal bequemer«, beklage ich mich.

»Aber heute wirst du wohl darauf verzichten müssen«, meint Selma lachend. »Die würden es glatt schaffen, dein wundervolles Outfit zu verderben.«

Dann führt sie mich in die Diele, wo ein großer Garderobenspiegel steht. Natürlich bin ich gespannt darauf, wie ich aussehe, auch wenn ich so tue, als wäre es mir egal.

»Hauptsache, du hattest deinen Spaß«, sage ich, »denn noch mal lasse ich mich nicht von dir in ein Modepüppchen verwand–« Erschrocken breche ich ab. Denn dort, wo normalerweise der Spiegel steht, starrt mich jetzt keine Geringere als die Hauptdarstellerin aus »Plötzlich Prinzessin« an. Wie heißt die Schauspielerin noch gleich? Anne Hathaway, glaube ich. Selma und ich haben den Film vor ein paar Jahren mal auf DVD geschaut, und sie war ganz verzückt, während ich mich die ganze Zeit über die kitschige Story lustig gemacht habe. Aber die Prinzessin sah richtig gut aus, das musste ich zugeben.

Was in aller Welt macht sie in unserer Diele? Und warum trägt sie das Kleid, das ich neulich in dem Secondhandladen gekauft habe? Jetzt stemmt sie auch noch die Hände in die Hüften, genau wie ich gerade.

»Ich fasse es nicht!«, hauche ich, als mir klar wird, dass es keineswegs Anne Hathaway ist, die mir da gegenübersteht – sondern mein eigenes Spiegelbild.

»Du bist mein Meisterwerk!« Strahlend fällt Selma mir um den Hals. »Ich wünsche dir einen supertollen Abend. Lass dich bewundern!«

»Danke für alles«, sage ich und winke ihr königlich hinterher, als sie sich auf den Heimweg macht.

Dann bin ich allein mit mir und meinem höchst erstaunlichen Spiegelbild.

Fast schade, dass ich als künftige Sportlerin wohl keine Gelegenheit mehr haben werde, mich so schick herauszuputzen. Es sei denn … **Ja, natürlich:** Mit diesem Kleid wäre ich beim Ball des Sports perfekt gekleidet! Und wenn ich erst Nationalspielerin bin und unser Team zur Mannschaft des Jahres gewählt wird, wäre es ebenfalls extrem passend.

»Vielen herzlichen Dank, ich fühle mich sehr geehrt und danke der Jury im Namen des kompletten Teams«, erkläre ich feierlich – mit einem Kleiderbügel von der Garderobe als Mikroersatz. »Und natürlich danke ich meinen Eltern, die immer an mich geglaubt haben – jedenfalls fast immer …«

In diesem Moment wird die Haustür aufgeschlossen, und der Rest meiner Familie kommt vom Friseurbesuch nach Hause.

»Krass«, staunt Konstantin und meint damit sicher nicht sein frisch gescheiteltes Haar.

»Wer sind Sie, und was haben Sie mit meiner Tochter gemacht?«, witzelt Papa, dessen Ultrakurzhaarschnitt noch ein bisschen kürzer geworden ist.

»Oh, Liebes! Du bist ja … so wunderschön«, ruft Mama, deren frisch gefärbte Wimpern auf einmal verdächtig feucht glänzen.

Ich glaube, ich bin in einem Paralleluniversum
gelandet!

Die anderen müssen sich noch schnell umziehen, und
dann ist es auch schon bald Zeit, aufzubrechen.

Wider Erwarten versetzen mich die vielen Kompli-
mente in Hochstimmung. Ich freue mich einfach, dass
Selma zufrieden mit dem Ergebnis ihrer Mühen ist und
dass es mir gelungen ist, meine Eltern so gut wie sprachlos zu machen. Mit der Gesamtsituation bin ich sowieso
happy: Ich darf ins Fußballinternat gehen!

Ich schwebe auf Wolke sieben, als wir den Festsaal betreten, in dem der Abschlussball stattfindet.

»Wo sind denn unsere Plätze? Ich muss die Sicht auf
die Tanzfläche prüfen – oder mir eine andere Position
zum Fotografieren suchen«, meint Konstantin wichtig-
tuerisch, aber das lasse ich ihm heute mal durchgehen,
ohne mich über ihn lustig zu machen. Dazu bin ich einfach zu gut gelaunt!

Während meine Oldies und mein Bruder es sich an ihrem Tisch gemütlich machen, laufe ich rüber in den Nebenraum, wo die anderen Kursteilnehmer in oscarreifen
Outfits so tun, als wären sie kein bisschen nervös.

»**Hey,** Franzi, du siehst ja fantastisch aus!«, begrüßt
mich Jill, die in ihrem jadegrünen Fummel glatt als Elfe
durchgehen könnte.

»Mir geht's auch supergut«, gebe ich zu, und dann erzähle ich ihr von der Sache mit dem Stipendium.

»Wow, das ist ja genial!«, ruft sie begeistert.

»Was ist genial?«, fragt ein zauberhaftes rotblondes Wesen in Moosgrün, das ich erst auf den zweiten Blick als Henriette erkenne.

»Franzi wird Fußballprofi! Sie wird garantiert einmal Weltmeisterin. Am besten lassen wir uns gleich ein Autogramm von ihr geben, bevor es unbezahlbar wird.«

Ich muss lachen. Jill neigt schon manchmal zur Übertreibung. Und auch dazu, abrupt das Thema zu wechseln, wenn etwas anderes ihre Aufmerksamkeit weckt. Vor allem, wenn es ein gut aussehender Junge in schicken Klamotten ist.

»Levin! Cooler Anzug. Wollen wir noch ein bisschen an die frische Luft gehen, bevor es ernst wird?«

Hand in Hand machen sich die beiden aus dem Staub.

Henriette schaut ihnen grinsend hinterher. Dann mustert sie mich neugierig. »Was sagt Nick eigentlich zu der Sache mit dem Stipendium?«

»Ist alles noch total frisch«, winke ich ab, »er weiß es noch gar nicht. Außerdem – na ja, so eng befreundet sind wir ja gar nicht. Er ist nur mein Nachhilfelehrer. Und heute Abend auch mein Abschlussballpartner.«

Henriette lacht. »Ernsthaft? Das glaubst du doch selbst nicht. Er steht auf dich. Da bin ich ganz sicher.«

»Ich glaube eher, dass er noch Gefühle für dich hat.« So hat sich das neulich jedenfalls angehört.

»Bestimmt nicht«, widerspricht Henriette. »Da bin ich ganz sicher. Er ist ganz hin und weg von dir.«

Glaubt sie das wirklich?

Immerhin kennt kaum ein Mädchen Nick so gut wie Henriette. Schließlich ist sie seine Exfreundin, und die beiden verstehen sich noch immer blendend.

Aber selbst wenn sie recht hat: Was würde es nützen? Nick verlässt die Stadt. Und ich auch bald. Warum über Gefühle nachdenken, wenn es doch sowieso zu nichts führt – **abgesehen von Liebeskummer …**

Henriette zuckt mit den Schultern.

»Tolles Kleid, übrigens«, wechsele ich das Thema. »Hat das wirklich deine Oma genäht?«

»Ja, hat sie. Oma Lydia ist die Allerbeste! Aber dein Kleid ist auch total klasse. Deine Eltern waren bestimmt ziemlich baff, dich so zu sehen. Ist mal was anderes als Trikot und Stollenschuhe, oder?«

»Ja, Mama hatte echt Tränen in den Augen. All die Jahre hat sie sich eine kleine Prinzessin gewünscht, und dann verkleidet sich ihre widerspenstige Mittelstürmerin tatsächlich in eine.«

»Da war sie bestimmt mindestens so überrascht wie meine Mum, als ich ihr gestanden habe, dass ich Jette V. bin.«

Ich kichere. Dann wird mir klar, was sie da gerade gesagt hat.

»Dass du *wer* bist?«

Ich muss mich wohl verhört haben.

»Hey, da kommen ja Nick und Jacob«, sagt Henriette beiläufig. »Na endlich, wird ja auch höchste Zeit.«

Da ertönt auch schon der Gong – unsere erste Tanzvorführung beginnt in wenigen Minuten. Die Tanzpaare nehmen Aufstellung. Im Festsaal quietscht ein Lautsprecher, dann hält Viktoria Mertens ihre Begrüßungsrede, von der wir zum Glück nicht allzu viel mitbekommen. In den letzten Wochen mussten wir uns ihre hochtrabenden Predigten zur Genüge antun.

»Sorry, meine Eltern hatten eine Autopanne«, keucht Nick. »Boah, Wahnsinn, Siska! Du siehst ja voll aus wie Schneewittchen. Mit dieser Frisur und dem Glitzerkleid und dem himbeerroten Lippenstift ...«

»Und du bist dann – einer der sieben Zwerge?«, frotzele ich.

»Na, hör mal! Wenn schon, dann bin ich der Prinz«, entgegnet er grinsend.

Bevor mir eine coole Antwort einfällt, erklingt die Musik für den feierlichen Einmarsch.

Ich schaffe es, im Takt zu laufen und auf meinen Absätzen nicht umzukippen. Außerdem zu lächeln, einen besonders strahlenden Blick in Richtung meiner Eltern zu werfen und hin und wieder unauffällig in Richtung Nick zu schielen. Bisher kannte ich ihn nur in seiner üblichen Jeans-und-T-Shirt-Montur, und natürlich im Fußballtrikot. Aber der dunkelgraue Anzug mit dem hellblauen Hemd und der gestreiften Krawatte steht ihm wirklich super!

Die anderen sind ganz schön aufgeregt, als wir dem Publikum die einstudierten Standardtänze vorführen, aber Nick und ich nehmen es ganz locker. Was kann schon passieren, wenn man einen Schrittfehler macht? Hier gibt es schließlich keinen Schiedsrichter, der dafür Gelbe und Rote Karten verteilt.

Irgendwann haben wir diese albernen Vorführungen hinter uns gebracht, und es folgen die Vater-Tochter- beziehungsweise Mutter-Sohn-Tänze. Papa wirkt dabei ganz gerührt, was ich wiederum ziemlich süß finde.

Und dann geht die Party so richtig los. Alle tanzen wie die Verrückten zu aktuellen Hits, und dabei achten wir kein bisschen auf die vorgeschriebenen Schrittfolgen. Wir hüpfen einfach wie die Irren herum. Irgendwann werfe ich meine unbequemen Schuhe in die Ecke und tanze barfuß weiter. Henriette und Jill folgen meinem Beispiel, und die anderen Mädchen machen es uns bald nach.

»Boah, ich bin total fertig!«, ächzt Nick. »Willst du was trinken? Ich lade dich ein.«

Wir gehen zusammen zur Bar und bestellen uns zwei alkoholfreie Cocktails. Plötzlich fällt mir ein, dass ich Nick noch gar nicht die große Neuigkeit erzählt habe. Ich hole das schnell nach.

»Im neuen Halbjahr starte ich also im Sportinternat Potsdam in der Mädchenfußball-Klasse.«

Er starrt mich mit großen Augen an, dann fängt er an zu strahlen, umarmt mich, hebt mich hoch, wirbelt mich herum und gibt mir einen Kuss mitten auf den Mund.

»Das ist doch Wahnsinn!«, ruft er begeistert.

Ja, finde ich auch. Das ist nämlich zufällig die Chance meines Lebens! Aber was kümmert das Nick?

Dann erzählt er mir, wo genau er demnächst hinzieht. Nämlich nicht irgendwohin. Sondern nach Potsdam.

»Ich gehe ab Januar ins Sportinternat – genauer gesagt in die Leichtathletik-Klasse.«

Nick und ich … in derselben Schule?

Das ist ja wohl nicht wahr!

Eben habe ich noch gedacht, das Leben könnte gar nicht mehr schöner werden. So kann man sich irren …

Dann falle ich ihm zum zweiten Mal an diesem Tag um den Hals. Diesmal gibt es kein Ausweichmanöver und keine Abwehraktion, sondern einen Volltreffer – denn diesmal küssen wir uns wirklich.

ENDE